殭屍人力銀行

《殭屍人力銀行》

這本繁體中文紙本書乃專門為付費讀者製作。

請尊重作者權益，切勿任意修改、刪節、複製、轉寄或轉售其內容，

以免觸犯著作權法。

《殭屍人力銀行》

作者：DJ 之神

2020 年由電書朝代中文電子書店製作發行

由美國 Ingram Content Group 旗下 IngramSpark 隨需印刷，推廣銷售

電書朝代 (eBook Dynasty) 為澳大利亞 Solid Software Pty Ltd 經營擁有

網站：http://www.ebookdynasty.net/

電郵：contact@ebookdynasty.net

繁體中文電子書：

http://www.ebookdynasty.net/Fiction/ZombieBank/indexTC.html

這是一段英雄傳奇……
我衷心的希望，在我離開人世間後，這故事還能流芳百世。
一個我用大便寫下的傳奇故事。

《殭屍人力銀行》

《殭屍人力銀行》

目錄

5

第一章：正爺辦公室的人屍大亂鬥　　　　　7

第二章：神機妙算的鄧教授　　　　　45

第三章：正爺的復仇計畫　　　　　65

第四章：再來吧，小黑　　　　　87

第五章：史前殭屍恐怖降臨　　　　　103

第六章：英雄的開始　　　　　121

第七章：帶屎出擊　　　　　139

最終章：繼續大便　　　　　173

《殭屍人力銀行》

第一章：正爺辦公室的人屍大亂鬥

這是一段英雄傳奇……

所謂的英雄傳奇，簡單的說，就是有一個人很英雄，他拯救了全世界，如此簡單的道理，想必我也不必浪費口舌苦心為大家講解了。

我衷心的希望，在我離開人世間後，這故事還能流芳百世。

一個我用大便寫下的傳奇故事。

※

我有一位好朋友，陳明良，我都叫他憨憨良，我會這樣叫他：沒別的原因，就是憨。跟我上同一間大學的高中同學，不過不同科系，上了大學後，我們仍時常聯絡。

外表長得普普通通，身材也是普普通通，在校成績也是普普通通，普普通通的死大學生，沒什麼特色。

要說特色，投籃機投超過六百分不知道算不算，這是我唯一勉強可以想得到他有特色的地方。

整天沒事幹，就只會投籃，真不知道在瞎投什麼？

他這個人真的沒什麼特色。

既然沒特色，我就不再做浪費口舌之事。咱們直接切入正題吧！

他的三叔公或六嬸婆那邊的人吧！我不太清楚。總之，他有個遠親，我儘管叫他正爺。也不知道為什麼，他的名字裡沒有一個「正」字。

憨憨良說，他喜歡人家叫他正爺，因為人家這樣叫他，他會覺得很爽。我無言，就叫他正爺吧！現在很多人都喜歡人家誇獎他正，尤其是女生。

他是個外省人，還是苗族的，是個趕屍人，承傳了祖先一身正統的趕屍術。

年過八十，但動作看起來像是十八歲的青少年，輕狂、熱血，還有……白爛！

或許在這裡，你聽了不會相信，但這世界上真的有趕屍這回事。

當初打死我也不相信，後來憨憨良帶我到正爺的公司，看到一個個在辦公室裡來回走動、臉色慘白、幫正爺整理環境的死人時，再不信也得信。

正爺是個擁有「將傳統與現代化技術結合」的商業頭腦的職業商人。

但說起來卻是有點怪的職業商人。

不知道他開這家公司的目的，真的是想利用廉價的殭屍人力用心為大家服務，或者是把大家嚇得半死，然後上社會新聞頭版來提高他的知名度。

他開了一家名為殭屍人力銀行的公司。

有幸在半夜十二點騎機車經過他店門前的朋友們，可能會看到一排排穿著背面印有紅色「正」字壽衣的死人，排列在正爺店家前做著有氧早操。

正爺說屍體也要多運動，否則太久沒動的話，會導致肌肉僵硬而行動不便，這樣的話，要控制那些屍體就會顯得困難許多，跟活的人沒什麼差別。

正爺的殭屍屍體就如現在社會上男男女女婦幼老少一樣有許多種，而每種殭屍所負責以及適合的工作也有所不同。

當初我去拜訪正爺時，他鉅細靡遺將所有殭屍的分類都跟我解釋過一次，讓我發覺，原來殭屍的世界也是那麼的有深度。

年輕男性殭屍就適合需要強大體力的粗重工作，像搬家或者當個打手就絕對適合。

女性則適合較為細緻的家務工作，像是織衣服或者煮飯等，不過，應該很少人會請殭屍來當廚師吧！

老人或者小孩殭屍就沒太大的實質用處，所以在殭屍分類裡算是相當廉價的。

不過，有些老人殭屍很會打麻將，常常幫正爺在賭場裡贏了不少。

　　我猜，那些老人屍體應該還在世時就過著成天打麻將摸魚的日子，然後打到暴斃，才能擁有如此高深的功夫吧！

　　其實各種殭屍裡頭，有一種讓我特別感興趣，稱之為「超人殭屍」。

　　顧名思義，那些殭屍在世的時候就是我們俗稱的超人，擁有各種超能力。

　　像是蜘蛛人、閃電俠、暴風女等⋯⋯

　　我很想見識見識那些超人殭屍的威力，不過正爺說，在平常的情況下不能動用超人殭屍，除非遇到緊急狀況（像外星人入侵地球時），才能拿出來維護正義。

　　完完全全看不出來，原來正爺是個正義之士啊！

　　那天，因為好奇心的驅使，我求憨憨良帶我去拜訪正爺的公司。

　　掛著殭屍人力銀行招牌的建築物，外表看來與普通大樓無異，只是一進大門口，便感受到正爺的公司的奇特。

　　首先是陰氣重重，讓人背脊發涼，雖然我早已做好看到一堆屍體走來走去而不被嚇到拉屎的心理準備，但是在現場時，我的腸子還是按捺不住的亂攪。

　　「憨憨良，你都不怕的喔！」我問，盯著表情維持著一往如常呆滯的憨憨良。

　　「習慣了啊！」他漫不經心回我。

　　要是我也能呆一點，可能就不怕了吧！

　　自動門打開。

　　陰風代替了親切的歡迎光臨問候語，向我們打招呼，然而映入眼簾的應是殭屍人力銀行的大廳，卻連一個人都沒有。

　　剩下空蕩蕩冷色系牆壁所散發出的陰涼靜默環繞四周，地上畫滿了各式各樣紅色的奇特文字，詭異地發出紅色螢光，應該是一些特殊的咒語吧！

　　掛在大聽正上方的西洋式吊燈也很應景地一閃一閃亮晶晶，閃著慘淡的藍光。

　　「怎麼⋯⋯都沒人啊？」我用手指搓了表情還是很呆的憨憨良，屎已經來到了肛門口。

「這裡的殭屍比較多。」什麼爛回答根本文不對題。

「算了！」我嘆氣，雙手按著屁股，繼續走向前。

我們緊接著來到了一個用兩道黃色符咒封印的電梯門口，感覺像是被查封了，但面對殭屍人力銀行這樣的怪公司，我早已抱著見怪不怪的心情應對。

「要去幾樓啊？」我端詳著電梯門，找不到任何按鈕。

「地下一百層，正爺的辦公室。」憨憨良回答得稀鬆平常。

「挖靠！那不就是地下秘密基地了嗎？跟 MIB 好像喔！」忽然有種說不出的興奮，雖然我仍怕得要死。

「對了，電梯沒按鈕，怎麼開門啊？」我忽然想到最重要的問題，「難不成要把封條撕開，解除封印，才能搭乘嗎？」

「對喔！差點忘了，要這個樣子做……」憨憨良忽然跪下，雙手舉高做出膜拜的動作，然後大喊……

「一碗滷肉飯！」

「……」電梯門沒回應。

「你……確定這樣真的可以讓門打開嗎？」我斜眼瞪他，雖然我早已知道在殭屍人力銀行裡什麼奇特的怪事都會發生，但打從心裡就深深覺得憨憨良剛剛的行為活像個腦殘的痴漢。

如果要讓門打開的關鍵是唸咒語，再怎麼說，也應該唸一些芝麻開門啦或是急急如律令之類的咒語才像樣吧！

「還沒唸完啊，別急！」說完後，憨憨良繼續膜拜，然後大喊……

「加沙拉！」

忽然間，封印的符咒發出耀眼的紅光，一樓的大廳瞬間變成暖色系的空間。

我趕緊用手擋住眼，看著封印於電梯門的兩道符咒慢慢消失於紅光中。

接下來發生了一件很詭異的事情，是的，如大家所願，電梯門就在憨憨良唸完噁心巴拉的咒語之後，很捧場的給老子打開了。

隨著紅光漸弱，出現在電梯裡的，我看到一個像是電梯小姐的……

「殭屍啊！」我跌坐在地，所有壓抑在屁股裡的那股衝動頓時解放，所有又軟又臭又帶水的咖啡色糊狀物終於重見天日，灑了滿地。

一個滿臉蒼白又爬滿噁心皺紋的女殭屍，披著到肩的長髮，身穿深藍色壽衣，面無表情的盯著我們看。

「是殭屍……是殭屍啊！」我指著女殭屍，望著一臉尷尬的憨憨良，天啊，活生生的殭屍正在我眼前啊！

「那個～」憨憨良尷尬到滿臉通紅，害羞的樣子像要對我表白似的。

「挖勒殭屍耶！」我大叫，整個人快抓狂了。

「我長得很像殭屍嗎？」那女殭屍用低沉到讓人背脊發冷的聲音回應，兩眼哀怨般瞧著我。

「啊～～～」我趕緊往後爬，第二批土石流再度從我屁眼氣爆。

「蛾姐好！」憨憨良禮貌般鞠躬，好像在幫我賠罪，然後他趕緊轉頭遮住一半嘴巴，小聲對我說：「她是人啦！」

「挖勒！」我愣住，不可思議般眼神盯著那個殭屍電梯小姐。

「你的朋友都那麼怪嗎？」那電梯小姐有點不悅地看著憨憨良，憨憨良趕緊跟那電梯小姐道歉，口齒不清的說著很爛的理由。

「第一次來這裡，看到長得像殭屍的人，難免都會怕嘛！就別在意了！」這道歉的理由怎麼感覺會給人火上加油。

在憨憨良一邊道歉一邊向我解說蛾姐的情形後，我才恍然大悟。

原來殭屍人力銀行裡不只正爺一人是人，有許多正爺的徒弟也在這公司裡上班。

通常職員的職位升遷與薪水高低都與自身操縱殭屍的功力成正比，當電梯小姐的蛾姐雖然快五十歲了（難怪看起來那麼嚇人），因為初入操縱殭屍這一個行業的關係，趕屍的法力甚淺，只能擔任電梯小姐這一類不需要什麼法力的職位。

年近五十，照理說離退休的年紀不遠的她，卻在看了一部名為「殭屍道長」的電影後深深迷上趕屍術，早已兒孫滿堂的她放棄了含飴弄孫的天倫之樂，成為正爺旗下一名正式職員。（才五十歲就兒孫滿堂啦！

想必妳跟妳兒女都很會生。）

「真不好意思！」我摸摸頭笑笑，踏進電梯，想用滿臉燦爛的笑容跟滿身屎臭味來魚目混珠向她賠罪，讓蛾姐忘了剛剛的事情。

「等等。」蛾姐用手擋住我，好像想到什麼事。

我忽然感受到不對勁，往後退了一步。

蛾姐的頭髮開始飄逸，眼神發出可怕的紅光，她的周圍像是出現了氣流環繞，然後她揮舞雙手開始運氣，氣流瞬間增強成一股帶有威力的風壓。

但風吹的方向很奇怪，是由四周吹向電梯裡，不知蛾姐要使出什麼法術，該不會她想對我這沒見過世面的外行人炫燿她那淺薄的法力吧？

她將雙手托在胸前大喊：「吸星大法！」

我只感覺風壓的源頭似乎有方向地集中在某一處，強力往蛾姐的方向跑。我回頭，看見地上的我的排遺精華全被吸了起來，往蛾姐那邊奔去，最後在停蛾姐胸前，化作咖啡色的球狀物漂浮在半空中。

我拍拍手：「好厲害啊蛾姐，難道這就是傳說中的吸星大法？」我興奮得不得了，如果光在大廳就能看到如此神奇的法術，更不用說在正爺的辦公室會看到更奇特的事物，搞不好連咕嚕咕嚕魔法陣都會出現。

「轉過去。」蛾姐冷冷地説。

「啊？」我不知道什麼情形，但還是照蛾姐的話，乖乖轉身。

「喝啊！」蛾姐大叫。

「喔啊～～～」我按著屁眼，高八度尖叫。

「敢再拉出來試看看！」我回頭，看到蛾姐有點喘地說著，做出收功的動作，雙眼也不再綻放紅光。

天啊！蛾姐把我剛剛拉出來的屎又全部塞回我的屁眼裡了！

「我真的……很想拉！」我吃力的唸著，所有屎夾帶著剛剛蛾姐的一記內力在我腸子裡興致勃勃地翻滾著。

「要拉去廁所拉，敢在這裡再拉出來一次，我就把糞便從你嘴巴塞回去。」蛾姐篤定的說著，我幾乎快哭了。

我可不想把自己消化過的東西再消化一次啊！

憨憨良呆呆笑著，我回瞪他一眼：「你再笑，我就把砲口對著你的嘴巴發射。」我轉身將屁眼瞄準憨憨良的嘴，做好發射前的準備。

「抱歉！」憨憨良連忙嗚住嘴巴防禦。

「去幾樓？」蛾姐。

「地下一百層，正爺的辦公室。」憨憨良嗚著嘴巴說，深怕我的褐色岩漿隨時會往他嘴裡噴。

電梯裡一樣沒有任何按鍵，待蛾姐發功，然後唸出一連串關於噁心食物的咒語後，電梯急速向下沉，然後我們就到了比十八層地獄還深的正爺辦公室。

叮咚！

「謝謝美麗迷人又大方的蛾姐。」在我用盡一生最無恥的謊言向蛾姐道謝後，門打開，我們步入了殭屍人力銀行的核心，正爺的辦公室。

原以為正爺的辦公室會像電影中的道士擁有一個專門在執行法術的神壇，應該會充滿神秘的道術色彩，但我看見的辦公室卻跟一般的辦公大樓一樣，有許多職員穿著藍色壽衣，正坐在自己的辦公桌前辦公。

每個職員桌上都配備一台桌上型電腦和液晶螢幕，還有許許多多我不熟悉的先進電子設備，從職員的臉色上看起來都應該是人類，唯獨在一旁掃地端茶和拿資料到處走動的才是臉色蒼白的殭屍。

從整個空間看來，正爺的辦公室至少有五百坪那麼大吧！

「真先進啊！」我驚呼，正爺可真是了不得的人物。

「這裡那麼多殭屍，你怎麼都不怕？」憨憨良忍不住問。

「蛾姐比較恐怖。」我小聲的說，怕她等一下又出奇不意地出現在身邊，把屎從我口中灌進去。

「對了，廁所在哪？」剛剛蛾姐的內力可還在我腸子裡翻騰著。

「那邊。」憨憨良指了我們左手邊長廊的盡頭。

「謝啦！」我按著屁股，抱著感激的心衝向前。

「等等！」憨憨良不知為何忽然叫住我。

「？」

「開廁所門的咒語是……什錦炒飯加奶茶。」

「知道了！」無情的便便恨不得立即開腸剖肚破繭而出，感覺我的肚子就要被撐破一般，於是我用音速小子索尼跑百米的速度衝向廁所。

韃！韃！韃！韃！韃！

碰！

「幹！」我咒罵，看著長廊入口忽然降下的透明安全玻璃上兩道清晰的鼻血印。哪個王八在我最要命的時刻亂放透明到看不見的玻璃！

眼看著褲襠已經隱約滲出一兩滴來自屁眼哀怨的褐色淚水，再不讓我解脫，我就要當場變成大便自殺炸彈客了。

「救命啊！」我猛敲著玻璃，所有的發射程序已經完成，準備進入倒數階段。

忽然間，紅燈大閃，警鈴大作。

「么壽！」「么壽！」「么壽！」

我回頭，看見所有聽到這獨特警鈴的職員紛紛放下手邊工作，用迅速的動作跑到電梯門前，排成井然有序的小隊形，好像有緊急事故發生了。

「不是有蛾姐在把關嗎？怎還會有人入侵？」

「對啊！如果不是殭屍人力銀行的人，是不可能從蛾姐那裡通過的，怎麼會？」

我隱約聽見站在我旁兩職員的悄悄話，於是我摒屁凝神，仔細聽他們的對話內容。

「蛾姐雖然趕屍的法力低，但她的格鬥技可說是世界一流的。」

「沒錯！就算蛾姐被打倒了，她也不可能說出通往正爺辦公室的咒語的，當初她可是簽了約，一但有入侵者，電梯守護者可是必須付出生命，死守住入口的！」想不到蛾姐的職位正式名稱是那麼帥氣啊！

「除非入侵者本身知道咒語，難不成……」有一個職員好像想到什麼。

「入侵者是自己人！所有職員進入最高戒備！」一個像老人卻宏亮的聲音從天而降，伴隨著一弧俐落的身影劃過辦公室中央，憑空降落在所有職員正前方。

韃！韃！

他落地時雙腳穩站，很明顯有著一身高強的輕功。

「哼！那個王八果然來了！」他嘴角微揚，很有自信地笑著。

深著藍色壽衣，背印紅色正字標籤，雙拳緊握，正氣凜然，銀絲飄逸，爬滿智慧條紋的老人家臉上擁有的卻是來自年輕人的活力笑容，不偏不倚，他是正爺。

「什麼鬼！我只想大便，可不想無緣無故捲入莫名的戰爭，快把玻璃蓋打開啊！」

我苦苦呻吟，卻沒人理我，所有人的視線全集中在發光發亮的正爺身上。

快走到崩潰邊緣，我絕望倚靠在玻璃蓋邊緣，是的，我要爆了。

忽然發現旁邊的辦公桌上躺著一支巨大的熱融槍，我開始猶豫。

「發生什麼事了？」憨憨良傻傻地站在正爺身邊，完全狀況外。

「憨憨良啊，好久不見，你先到辦公室後方歇著吧！現在正爺我有些家務事要處理。」正爺親切地對憨憨良說，示易憨憨良到正爺專用的二樓辦公室房間躲起來，卻完全忽略我的存在。

我趕緊從口袋拿出一疊十元硬幣塞住屁眼，好讓自己的爆炸時間延長個幾分鐘。

「來了！」正爺皺眉，所有人擺出戰鬥姿勢，好像一場戰爭，一觸即發。

「么壽！」「么壽！」「么壽！」警報器的聲響也隨著緊張氣氛逐漸攀升。

叮咚！

門打開。

「好久不見！」一個身穿綠色西裝，頭髮金光閃閃的年輕男子走了出來。

他身後也陸陸續續走出一樣穿著綠色西裝的人，應該是跟班。

然後，又有十數個身材高大、臉色慘白的男性殭屍也走了出來，聲勢浩大。

「不好意思，你那把守電梯門、可愛迷人又大方的蛾姐已經被我身邊的殭屍擊倒了，嗯！你知道的，她雖然武功高強，可惜趕屍的法力不夠，嗯！你知道的，殭屍是打不死的。」金髮小子話語中充滿不屑，像極了星爺的功夫電影中斧頭幫的幫主。

我看看電梯內側，真看到蛾姐已倒在裡頭，不省人事。

「你實在有夠雞歪！」正爺旁的職員大罵。

「你們也別再掙扎了吧！你知道的，我在公司裡的職位是掌管超人殭屍庫的，控制殭屍的咒語密碼也只有我跟正爺知道，在你們還搞不清楚狀況時，我早已安插內鬼，偷偷潛入地下第九十九層，改變所有超人殭屍庫與控制超人殭屍的咒語密碼了。結果，嗯！你知道的，所有超人殭屍將聽令於我而非正爺。沒有殭屍，正爺就跟普通人一樣，只是比較會打架而已。」金髮小子有自信地說著，好像大局已被他掌控。

正爺看了看他身旁的殭屍，忍不住大罵：「這陣子新聞報導許多重量級拳擊手失蹤的案件，原來都是你弄出來的，你竟然把人殺來製造殭屍！」

「沒辦法啊！缺人力，嗯！你知道的，幫派的壯大需要許多兵力，我不這樣做，怎麼獲得免費又強壯的打手呢？」他雙手一攤，好像事不關己。「所以，超人殭屍，我也順便帶走了，正爺！」

「殺人是違背正爺公司裡的法規的！」有些職員也按捺不住，憤恨大罵。

「去他媽的法規！」那金髮小子往地上吐了口痰。

「積歪，You are fired ！」正爺咬牙切齒，不會金髮小子的名字叫積歪吧！跟他的個性一模一樣耶！

「嗯！你知道的，反正我也不在意。」積歪囂張的態度，連我也快看不下去。

「虧你還是我最得意的弟子。」正爺狠狠瞪著積歪。

原來他們是師徒關係啊！

聽完這句話後，積歪低頭沉默半晌，然後說：「所以，我不會讓你失望的，我保證，我一定會用你教給我一身的趕屍術，用殭屍親手征服全世界的，哈哈哈！」

他抬頭，雙眼綻放出野心的光芒：「這世界需要新的定律。」

「你以為你是誰？」其他職員也紛紛叫囂，不爽那狂妄的機機歪歪。

「你知道的，青出於藍，更勝於藍。」積歪冷笑。

氣氛忽然陷入一種異常的凝重，兩方人馬眼神似乎在相交間摩擦出濃烈的戰意，一邊穿綠色西裝、另一邊穿藍色壽衣的兩方人馬，好像隨時都會對幹起來，一場名為藍綠大對抗的戰火即將引燃。

「歪哥，別再跟他廢話，我們跟身邊的殭屍隨時可以衝向前，把他幹掉！」積歪身邊的小弟開始挑撥。「正爺，你一聲令下，我們就衝過去！」正爺這邊的人也不甘示弱。

「你們只剩下一些只會打掃作家事的女傭殭屍，怎麼跟我們身邊的重量級拳擊手殭屍 PK 呢？笨！」積歪的小弟真是太自大了。

「為了殭屍人力銀行，赴湯蹈火，在所不辭！」正爺的人馬熱血沸騰。

而正爺，只是低頭沉默，像是在放棄，也像是在思考著什麼。

我的褲子開始泛黃，就要潰堤，於是這次，我毫不猶豫地拿起熱融槍，將裡頭滾燙的熱融膠一股腦兒全往屁眼裡送。

「啊～～～」我的慘叫聲音頻率到達了世界上最強女高音都攀登不了的境界。

我無力地趴在玻璃門邊，屁股抖動不停。

「他是誰？」有人大喊，我回頭，發現所有人正用不可思議的眼光看著我。

可終於發現我的存在了。

看他們的眼神，似乎好像要對著我說「您真內行！原來熱融膠可以止瀉」之類的話。結果……

「正爺，我才離開公司半年，想不到你又請了一些奇奇怪怪的員工來上班啊？」積歪疑惑地盯著我。「我之前聽你說過，實力越強的人越懂得用愚昧的外在去掩飾自己真正的力量，不會這小子……？」

我我我，我怎麼了？我只是想大便啊！

「該不會這小子就是你之前一直在尋找的傳說中的練武奇才，擁有全世界最高強的法力！？」積歪驚訝的說。

先生你想太多了，我只是有公德心，純粹不想把便便撇在辦公室而已，我想這樣對積歪說，然而剛剛花太多力氣在忍便之上，現在累到連一個字都無法清楚地咬出。

「我～～～」我勉強的說出一個字。

「沒錯！他就是我要找的那個人！」正爺斷口直言，看他的眼神堅定無比，看不出來是在開玩笑。

你老師勒，我何德何能？

「是嗎？那也正好，我就要試試傳說中的練武奇才到底有啥本事，也正好可以試驗一下我新開發的殭屍兵器。」積歪冷笑，您別說笑了！

我用祈求的眼神望著正爺，好歹說，我也是他親戚的朋友吧，說什麼他也不會見死不救。

「好啊！」正爺答應得很爽快，示意所有手下退下，準備看好戲，他的眼神堅定，像是對我抱持很大的信心。

我的心有如被砲彈擊中，化成飛灰，恍然地飄散在風中，忽然發覺，活著多美好。

於是我開始回憶過往曾經，人生中的遺憾。

曾經有一座高級的兩段式沖水馬桶擺在我面前，可我沒有好好的珍惜，直到失去之後才後悔莫及，塵世間最大的痛苦莫過於此。如果老天爺再給我個機會，我會對著它說：「我要噴了！」如果非得……

「衝吧！讓那個練武奇才見識見識拳王的威力！」積歪下令。

我都還沒完成人生末路前完整的回憶錄，該死的肌肉男殭屍就衝過來了。

「什麼鬼！」我急忙站起，想往後逃跑，卻發現我後方被剛才降下的玻璃擋住，無路可退，隨著巨大的身影踏步逼近，地上的震動也越大。

我不斷敲打著玻璃，卻不見一點玻璃碎裂的痕跡。

咚！咚！咚！咚！

他已來到我的後方，我回頭，看見他高舉跟我兩顆頭一樣大的拳頭，重重擊落。

「啊～～～」

此時壓抑許久的屎終於忍不住，在這一刻，爆了！

我大喊，感覺身體被一股後座力往前帶，伴隨著轟轟轟的聲音，我像射不出去的沖天炮，緊貼著安全玻璃，向後亂噴。

一生中能擁有這樣轟轟烈烈大便解脫的經驗，就算死也無憾。

身體沒了感覺，輕飄飄的，也許我已經變成了靈魂吧！

就這樣帶著解脫的快感離開人間，就算成了冤魂也不會有一絲痛苦。

因為解脫的快感，就跟上天堂一樣爽。

忽然間有光線透入眼簾，我輕輕睜開眼，原來我還苟延殘喘活著。

周圍嘈雜的聲音也漸強，我仔細一看。

「！？」

剛剛追我的殭屍呢？

環顧四週，滿地全是褐黃色的大便爆炸痕跡，爆炸範圍掩蓋了一大片。

我抬頭望，發現有具屍體黏在對角牆壁上，身體整整埋入壁中，發著白煙，看來爆炸的威力如此強大，將他狠狠釘入牆中。

不只剛剛追我的殭屍，所有的殭屍被我的屎噴到後，身上都冒著濃臭白煙，且形狀開始模糊，漸漸溶化，最後化成一灘血水。

我的大便……竟然可以溶化殭屍？

「好臭啊！」積歪與他手下皆捏著鼻子。

「你果然，還是沒辜負我的期望！」

我抬頭，是正爺的聲音，他站在離哀鴻遍野的爆炸點外十公尺的地方，我似乎看見他臉上自信的微笑。

我不解，事情發生一切的一切都太荒唐；正爺怪異的公司、怪異的大廳、怪異的開門咒語、怪異的玻璃門自動拉下，阻止我大便、怪異的被捲入打鬥中、怪異的在關鍵時刻用屎拯救了自己、怪異的殭屍被屎噴到後開始溶化……好像所有一切都事先被安排好，等待我的到來，一一發生。

逐一將所有事件串聯起來，這其中好像隱含著些什麼。

而令我感到最怪異的，竟是正爺那充滿自信的笑容？

「媽的，去把那個愛拉屎的王八幹掉！」積歪再次下令，在他背後剩下沒被屎噴到的六隻殭屍，眼睛忽然發出可怕的紅光。

「我說的沒錯，命中注定，你要拯救全世界！」正爺的聲音宏亮，將我身體穿透。

「拯救全世界？」我腦海中忽然閃過一段，似曾相識的過往曾經。

回想起十年前的一個故事，關於一個小男孩……

※

轟！

「幹！」有人驚呼。

「走開！」有人受不了。

「你他媽的又來了！」有人簡直快昏倒。

「老師，韓枸史又爆了！」有人乾脆舉手報告。

我呆若木雞地站在桌子上，睜睜地看著自己的椅子中間破個大洞，大洞下方的地板又是個大洞，地板大洞下方隱約傳來驚天動地的鬼哭神嚎，應該是樓下班級的慘叫聲。

如果沒記錯，我的方位正好位於樓下班級吊扇的正上方。

我搓揉剛剛因為飛太高而撞到天花板的頭，這次的痛楚比上此撞到天花板時還小了許多，看來我鐵頭功的功力又更上一層樓了。

平均一個月爆兩次，週遭的同學早已習慣我表演火箭升空，用鐵頭功頂天花板，然後再漂亮地降落在自己桌上的特技，不再為我精湛的演出鼓掌，反倒是對我身上的屎及臭味敬而遠之。

每次當我「屎爆」時，椅子總承受不住衝力而被衝出一個大洞，其餘勁接著會衝撞堅硬的地板，我就會被這後座力推上天空，然後頂到天花板。

還記得第一次我在教室屎爆時，頭去頂到天花板，流了許多血，昏迷了一個禮拜才甦醒。

第二次昏迷了三天。

第三次昏迷了一天。

接著昏迷的時數越來越少，直到我不再昏迷，不知不覺，我已學成了少林武功之一，鐵頭功。

天花板在我長期的衝撞之下也漸漸出現裂縫，整體結構被破壞而往上形成很可觀的凹痕，樓上的班級為了避免危險，早已更換教室。

想不到最倒楣的是樓下的班級。

地板在我大便的長期撞擊之下也逐漸凹陷，本來大家天真地以為堅硬的地板是不可能被屎打穿的。

大錯特錯！今天的地板終於承受不住，它破了！它破了！

大便打穿地板後，直接落在高速旋轉的吊扇上，所有屎塊因為被吊扇離心加速的關係，捲散開來，猶如灑水器，將屎灑落在樓下班級的每一角落，讓樓下的同學們品嘗到我甜美的每一塊、每一滴。

慘叫聲，應該是他們對我的感激吧！

「哀！又要換褲子了。」看著屁股上的大洞，我站在桌上，無奈搖著頭。

「韓枸史，你才害我們又要換教室了！」樓下的老師忽然從門口跑進來，人屎淋頭，不爽地大罵。

※

秋天的風往褲子破了大洞處吹，屁股格外涼爽。

今天，在獨自清掃了樓下班級的教室，外加罰站和寫悔過書，我幾乎沒上到課。

「奇怪，為什麼拉個屎而已，還要寫悔過書？可惡的老師，既然大便是種錯誤，你就不要給我拉，憋到腸子爆掉算了！」走在回家路上，我心裡還是很不平衡。

除了不平衡外，還有發自心底那深沉的惆悵。

21

不知何時，我開始發覺，我可以好幾個禮拜、甚至一個月以上不大便，然後在我無預警的時機做一次爆發。

這不是常人該有的能力，正常人如果這樣早就爆了，最離奇的是，就算我一個多月不大便，身體幾乎沒有變重，這不符合質量守恆定理。

我的肚子好像黑洞，就像小叮噹的異次元口袋可容納千物萬物，卻始終如小口袋般重。

擁有如此特殊能力，我該感到高興嗎？

一點也不！

有人發覺，有一天他力氣變得無比巨大，可輕易用拳頭鑿穿牆壁，於是他便懷著滿腔熱血的正義，變成了超人，變成了英雄。

我也想當個英雄啊！

但，我的能力……很會拉屎？有啥屁用？

在即將被巨石壓垮的房子內，逃不出的靈魂苦苦哀嚎，走過的路人如果心中懷有強大正義，並且擁有強大的力量時，它便毫不猶豫將巨石搬起，拯救大家。

我心存正義，卻沒有能力，於是我只能眼睜睜看著巨石漸漸壓下，直到房屋應聲碎裂，接著只能徒然飆淚。

我，一直很想當英雄。

打從出生以來，這樣的慾望似乎伴隨著我的成長漸漸壯大，我一直相信，有一天，我會在某特殊機緣之下獲得特殊超能力而變成超人。（像是不小心被蜘蛛咬一口，然後忽然間擁有可以吐絲和飛簷走壁的超能力等。）

是的，無意間，我擁有了不知打哪來的超能力，我變得可以將屎累積一個月再做一次噴發的超能力，但很會拉屎能幹麻？

「我好想當英雄啊！」我對著天大喊，希望它在聽到我的心願後，能讓我如願以償。天沒回我，只有一陣涼風吹過。

我的心，如秋末枯死的落葉無力下墜，就算風吹，也飛不起來。

也許，我的超能力只會讓我變得更討人厭而已。

也許，我的超能力只會為我和我週遭的人帶來更多的災難而已。

也許，我該試著放棄想當英雄的一切慾望。

「就是他，那個屁股破個大洞的傢伙！」

「韓枸史，你完了！」

「今天不把你打一頓，絕不甘心！」

身後傳來人群的跑步聲，我回頭，看見一群穿著褐色的學校制服的人衝向我來。不對啊！學校制服應該是白色的，怎會是褐色呢？

我凝神一瞧，才發現原來不是制服褐色，是因為沾滿了大便痕跡的關係。

「是樓下班級的同學！」我瞪大眼，愣了一下，發覺事情不對勁，趕緊甩頭就跑。

我的超能力，果真給了我多災多難的人生。

※

「英雄的人生總是多災多難，於是英雄懂得多災多難的痛苦。」正爺站在一旁低頭沉吟。

我聽得一愣一愣，腦海中卻不斷浮現許許多多過往畫面，如昨日發生般，清晰地在腦海螢光幕前成像。

積歪背後，還有六隻沒被屎噴到的殭屍正衝向我來。

「因為英雄懂得多災多難的痛苦，懷有正義感的英雄便想拯救這多災多難的世界。」正爺繼續低著頭。

衝向我來的殭屍腳底沾到了殘留地上的屎，開始冒著白煙，卻沒阻止他們的行動，像是八百壯士，他們奮不顧身，繼續衝向我。

「你這一生注定是英雄，所以你的人生多災多難。」正爺沒看我。

殭屍已來到了我前方十公尺的距離。

「所以你注定要拯救這多災多難的世界。」

殭屍已來到我前方，各個舉起粗壯如樹幹的手臂，奮力向我轟出致命的殺擊。

我轉身，雙眼緊閉。

我知道，這一次我不會再試著逃跑的。

因為，我是英雄，我要拯救這世界。

※

我只能奔跑，不停的逃跑，在災難降臨的時候，我無力反擊，只能不停躲躲藏藏。

身後的人群已漸漸逼近，只差一個手臂長的距離就能輕易將我攫住。

連自己都保護不了，要怎麼拯救這世界，無奈的思緒讓我更上氣不接下氣喘息著。

「就要抓到他了！」

感覺衣服被人抓到又不小心滑掉，越來越多隻要將我抓住的手逐一出現在我背後，將我抓住就只差一個手腕的距離。

此時，大便的發射程序莫名的啟動了，腸胃的蠕動越來越激烈。

我忽然被一股力量向後拉扯，看來我被抓到了。

「抓到了！」

轟！

「媽啊這什～麼～鬼～」

抓住衣服的手鬆開，耳後只聽到要將我抓住的那一人喊叫聲越來越遠。

感覺我在飛。

是的，大便爆發的衝力將我瘋狂地帶向前，那種力道不是我所能控制的，於是身體飛了起來。

飛了大約三秒鐘後，身體著地，因為速度太快，雙腳跟不上速度而採空，我開始用打滾的方式讓自己停止。

因為速度太快，我也不知自己到底滾得多快，滾了多久，只聽見風颼颼聲與撞擊聲，沒有痛覺。

在如此高的速度之下劇烈翻滾，應該會摔成重傷吧？

不知道，因為我的腦袋一片空白。

不知過了多久，也許我昏了也說不定，努力試著睜開自己的雙眼，讓金黃色的夕陽再次透射進我的視網膜。

也許我真的昏了，現在就連夕陽餘暉，也耀眼的可怕。

我試著睜大著眼，直到視線不再模糊。

視線的中央好像站著一個人對著我微笑，等待直到視線清晰後，才發現是一個年近七十的老人。

但怪異的是，他身上竟然穿著壽衣，讓我難以分辨他是死人還是神經病。

「醒來啦！」他微笑著用我沒聽過的外省腔說著，聲音宏亮猶如年輕人，臉色紅潤，應該不是死人，所以很可能是神經病。

我努力讓自己撐起來，勉強地坐在地上。

「好痛！」身上果然傷痕累累，但都稱不太上什麼要命的創傷，頂多是一些皮外傷而已。

「你還蠻強的，看你滾了好幾百公尺都還沒死，看來你真的是萬中無一的練武奇才！」他對我比出大拇指。

「還好，我還沒死！」我拍拍胸口，好緩和方才驚慌失措的情緒。

「你死了，怎麼拯救世界？」那老頭問，掉頭離開，他走向一個攤子後方的椅子坐下。

我一臉茫然。

「我？拯救這世界？」我稱不太上是對這位老人怪異的話語感到奇怪，反而多了幾分驚訝。

我一直很相當拯救世界的英雄，而我卻沒這能力，這老人卻一開口就提了這些好像我真的會拯救這世界的話語。

難道他有猜心術，知道我的渴望，想用這些話來安慰我？

難道他是一派胡言，然後無意間吐露了令我驚訝之語？

還是他能夠看穿我身上的什麼？

真是高深莫測。

「來吧！我幫你算命。」他坐在攤位上向我招手，像極了路邊攤算命師招攬客人時的姿勢。

我仔細掃描那桌上什麼都沒有的攤位，該不會就是算命攤吧？

這個我從沒看過的怪異老人竟然要幫我算命，難道他真的看出來我身上與眾不同的特質了嗎？

搞不好，我真的會成為拯救這世界的超級英雄，不過，使用的絕對不是很會拉屎的超能力，在我身上，一定有什麼未知的能力還未被開發而靜靜沉睡，等待適當時機時甦醒，我就會成為世界英雄。

但一切都是我胡亂猜測，還是問清楚比較好。

「你會算命？」我皺著眉頭，一副懷疑的樣子。

「算命也是我的專長之一。」看來他很有自信。

「我今年幾歲？」

「十三。」

「我的人生目前過得怎樣？」

「悽慘無比。」

「我的專長？」

「拉屎。」

他真的懂耶！

「你都還沒把過我的脈，就知道我很多事情，好強耶！」心裡有股澎湃的感覺，令我忍不住稱讚他。

只見他一臉無言的說：「把脈只能檢查你的身體哪裡出問題，不能看穿你的命運。」

「是喔！」我大驚。

「……你不會現在才知道吧？」現在換他一臉驚訝貌。

原來，把脈的功用在於檢查身體的毛病啊！我又學到一樣東西。

「那你叫我過去幹麻？」我有點不屑，認為他那招攬客人的姿勢是多餘的。

「其實，你的命運，我用看的就全知道了，只是鬧著你玩的。你過來，我有一樣東西要送給你。」他從壽衣的袖縫間拿出一個信封袋，我好奇走過去，他將信封袋遞給我。

「掰掰。」將信封拿給我後，立刻蹤身一跳，伴隨一陣風，飛到了電線桿上。

我傻著眼愣在原地，看來這老人也有超能力。

說不定他是一個很老的英雄，要退休了，要找接班人，而我是被選上的那一個。

「你的命運，寫在裡面。」他說完，轉身一跳，飛向遠方，漸漸消失於夕陽下的一個小點中。

在他轉身的同時，我好像看見背後印的一個很大的紅字，但卻看不清楚。

留下獨自一人，於是我將信封袋拆開，發現裡頭放了一張信紙，我將信紙緩緩拆開閱讀，以下是信件內容：

※

我嗅著英雄的氣息一路追尋，找到了你；

你這一生注定要拯救全世界；

超能力，讓你與眾不同；

超能力，為你帶來了多災多難的人生；

英雄的人生總是多災多難，於是英雄懂得多災多難的痛苦；

因為英雄懂得多災多難的痛苦，懷有正義感的英雄便想拯救多災多難的世界；

你這一生注定是英雄，所以你的人生多災多難；

所以你注定要拯救這多災多難的世界；

有些事情，早已注定。

※

我身上所散發出英雄的氣味，是屎的氣味嗎？

我愣在原地，看著空蕩的街道只殘留我一人，與身上屎的氣味獨自徘徊。

「原來這就是我的命運？」

緊接著是一連串感動的淚水，溼透了傾訴命運的紙張，而留下這一連串字句的老頭，我都不清楚他到底是誰。

我深深相信，我的命運絕對與拯救世界密不可分。

從十三歲這個出發點，我腳底像踩著碎玻璃一樣，背負著坎坷的命運一路艱辛走來。

我一直在尋找，除了拉屎之外，沉睡在我身上的另外一項超能力，等待對的時機被開啟，成為英雄。

但離奇的是，我的另外一項沉睡中的超能力，在我這些成長歲月中不但沒有被開啟，反倒是拉屎的能力無止盡的膨脹。

到十八歲那年，已經沒有任何一座馬桶可承受我每次從屁眼狂奔而出的爆炸衝擊了。

沒人願意再把廁所讓給我用，於是我只能獨自一人在河邊排遺，有時還會不小心一次大太多，被警察發現，還會被當成偷倒廢料的現行犯逮捕。

有時會很想哭，但這樣的苦，誰知？

雖然我相信，英雄的誕生必須經過一連串嚴苛的考驗，這樣一來，無論在面對多大的困難時都能輕而易舉的擊倒，這樣才有拯救世界的價值。

只是，我所期待的另一項能力一直沒有被開啟，真的很讓我心力交瘁。

我也開始懷疑，當初那老人是不是騙我的，直到二十歲那年，我進到殭屍人力銀行裡，再次遇到他，我才完完全全覺悟。

英雄的命運早注定。

原來我的超能力，就是拉屎！

於是我搬起了屋頂上即將壓下的那磊磊傾圯的巨石，拯救了苦難的靈魂。

我，是個英雄。

然後，我想到了只屬於我那專有的英雄封號。

於是，我將褲子脫下。

※

「吃！屎！吧！」

一陣天崩地裂，亂石崩雲中，我得到了解脫，在我完完全全接受自己的超能力那時，只感覺無比的暢快，並感受到了來自於腸內，那源源不絕的爆炸力。

不用回頭看殭屍在哪裡，那已經不重要了，因為他們肯定被噴得老遠，之後被我的屎溶化得稀巴爛了。

此時的超能力，才算是完完全全的覺醒。

「還有誰想被噴的，儘管放馬過來！」我回頭斥喝，忽然發覺心底湧出了許多莫名的勇氣。

第一次，我終於敢正眼面對惡勢力堅撓不屈。

「兄弟！拔噴子！」積歪一聲令下，所有跟班以迅雷速度從背後掏出槍，預計共有十幾把槍口正朝著我。

「你的大便，對子彈有用嗎？」積歪斜眼輕藐著我。

可惡，真卑鄙，竟然使用武器，在當英雄的第一刻起，我就遇到了絕境，我立即用光速思索著要如何用大便來破解此時的危機，卻了無頭緒。

用大便硬化術形成堅硬的屎牆防禦？這招我不會。

在所有人對我開槍前，就火速用噴屎攻擊將所有人擊倒？不行，太勉強了！

使用瞬間移動？靠！最好是有這招！

「你知道的，為了證明子彈到底怕不怕大便，就必須實驗。」所有槍枝上膛，

積歪高舉手勢，就要下令。

我十萬火急。

積歪手揮下。

我習慣性緊閉雙眼。

砰！砰！砰！砰！砰！

我打開雙眼。

「！？」

我額頭滴落一滴汗，雙眼盯著那顆高速旋轉的子彈，停在額前。

凝神一瞧，發現不只一顆，而是所有十數顆的子彈，竟離奇地飄在空中靜止不前？

所有人愣住，不可置信般，盯著不按照力學原理運行的彈道現象。

「吸星大法，不只能吸大便，還能吸子彈。」電梯門口，一個陰森卻帶有親切感的聲音。

「蛾姐！」看到猶如殭屍復活的蛾姐，我欣喜若狂，簡直快哭出來。

「喝啊！」閃耀紅光乍現，所有子彈安穩地環繞在蛾姐胸前。

「妳還沒死！」積歪不解。

「裝死，也是我的專長之一。」蛾姐冷笑，雙眼綻放紅光，看起來像是邪惡的魔女。

「也對，妳長得那麼像死人。」積歪冷笑嘲諷，真是有夠機歪。

「喝！」蛾姐雙手運氣前托，所有子彈立即發狂似朝著積歪等人轟炸，張牙舞爪要將所有人穿成蜂窩。

所有積歪的弟兄們紛紛失措狂叫，做出無謂的閃避。

然而，這一次，在子彈未完成他唯一的使命前，又再度定格於半空。

積歪身邊的俗辣狼狽跌坐在地，真是生死一瞬間。

積歪氣定神閒站著，從口袋掏出根雪茄叼著，「妳知道的，我以前是正爺最得意的弟子。」說完，積歪就對著蛾姐比中指，太過份了！

不對！我赫然發現積歪的中指頭上冒著小火，他比中指，其實是為了點燃雪茄。

連點菸的動作都可以如此機歪，真不愧是積歪。

雪茄點燃，積歪輕呼一口霧。「跟我比法力，妳知道的。」

子彈掉落，叮叮咚咚。

看著蛾姐惶恐但卻還是陰森到讓人想挫賽的臉，我試著醞釀第二次屎爆的衝動感，以便進行第二次攻擊。

我應該幫得上忙的，我是英雄，是英雄就要英雄救美，雖然蛾姐很不美。

對了，還有正爺！如果積歪只是正爺的大弟子，那麼他的法力必定比正爺略遜一籌，再怎麼說也是我們贏。

我轉頭想呼叫正爺時，發現五百坪大的辦公室裡，只剩下積歪他那班人馬還有我跟蛾姐，在場的藍軍全都消失於一瞬了。

哪有這種道理的？好歹政黨在立法院打架，大家都一起上的，為什麼現在會剩下我們兩人孤軍奮戰？

「現在，我就讓妳變成真正的殭屍。」說完，積歪的眼睛飆出激紅光芒，與蛾姐發功時一模一樣，烈風在積歪周圍竄起，狂暴瞬時將周圍的寧靜吞噬。

「法力不行，就用格鬥技！」蛾姐雙腳拉開，弓步穩踏，左手趨前成掌，右手後握成拳。

積歪將雪茄拿在手上，輕呼一口氣，白煙驟變成一團巨大的火球，向蛾姐方向襲去。

蛾姐往上一蹬，飛上天去，驚險躲開，火球衝撞牆壁，爆裂出巨大焦黑凹洞。

「空中，怎麼躲？」積歪再抽一口雪茄，朝天噴去。

「喝阿！」蛾姐對著火球發功，一團強烈氣流衝向火球，但並未因此將火球彈開，反而是蛾姐藉著這一股氣流衝撞的反作用力，將自身彈離火球的彈道攻擊範圍。

翻轉三圈，落地後滑三公尺後穩住。

「不錯，恭喜妳過了第一關，接下來是第二關。」這一次，積歪連續吐了三口煙。

蛾姐左右狼狽閃避，完全無反擊空間。

「妳除了會用吸星大法與強烈衝撞氣流，還會什麼？左右左右嘿嘿嘿的閃來閃去嗎？」說完，又是一連串的火球無情激射出。

「可惡！」我緊握雙拳，憤恨自己的無能，英雄不就是要在緊要關頭想辦法拯救大家嗎？怎麼感覺現在的我毫無能力？

忽然發現在牆角放著一灌滅火器。

「死馬當活馬醫吧！」我苦笑。

蛾姐依然陷入苦戰中，正確的說，是深陷於積歪機歪的玩弄中。

我抄起滅火器，看到上面寫著「正爺特製殭屍人力牌萬用滅火器」。

萬用的，搞不好連積歪的噴火攻擊都有效。

英雄，總要懂得適時的運用週遭環境的有利條件來打倒敵人。

然而在我看到說明書的標籤時，精神為之一振。

「此滅火器什麼火都能滅，小火、中火、大火、肝火、慾火、尤其是積歪嘴巴噴出的火，只要拉開安全插按下開關，保證任何火都燒不起來，殭屍人力銀行榮譽出品。」

「積歪，你死定了。」我暗自竊笑。

積歪連續點了三根雪茄，用力一呼，竟爆出三條螺旋火龍，向蛾姐狂捲而去，就要將她吞噬。

再無逃跑空間，蛾姐低身防禦，但絕對毫無作用。

我快速奔向前去。

無論環境多麼險惡，英雄從不放棄。

英雄這名詞給予了我莫大的勇氣，就算力氣再小，也要用雙手搬起巨石。

我擋在蛾姐面前，三頭巨龍烈焰沒停下。

我拉開安全插。

我拉開安全插。

我拉開安全插。

「幹！安全插怎麼拉不開！？」我急著跳腳，瞪大雙眼，眼淚飆出。

火焰巨龍依然沒停下牠索命的行動。

我雙眼開開，準備投胎。

「可樂奶茶加阿華田。」

瞬間，手上滅火器綻放出耀眼紅光，我感覺到安全插消失不見。

「按下開關！」蛾姐大喊。

「喔！」我回神，迅速將噴口對準火龍，按下開關。

滅火器沒回應……

火龍逼近到我三公尺之內，張開比人大三倍的火口。

我真的絕望了。

忽然火龍在靠近滅火器噴頭的一瞬間，被吸進去了？

火龍像是忽然被壓縮一樣，全部鑽進那小小的噴頭，而我卻沒感覺到滅火器有任何一絲膨脹，好像滅火器是個黑洞，將所有火焰吞噬。

「這是專門拿來封印火龍的阿拉丁神燈嗎？」我不可置信地看著手中的滅火器，莫名顫抖著，不知是感動過了頭，還是剛才的火焰巨龍嚇壞了我。

不過，正爺公司的產品還真不是蓋的，拍拍手！

「有種你再來啊！來多少我就吸多少。」我揮舞著滅火器大聲斥喝著，開始神氣。

「繼續按著，別把開關放掉，放掉開關後三秒，滅火器會自動爆炸！」蛾姐大喊。

「哇靠！這不是跟手榴彈一樣？」我瞪大眼。

「哼！正爺啥時發明這種無聊的東西？」積歪一臉不服氣。

「在你失蹤的這半年裡，正爺早就預料到你會叛變，所以早就設計好各種來對付你的東西，只是沒料到……」蛾姐深吸一口氣。「你竟然如此膽大妄為，做出偷竊超人殭屍跟殺人這些事情！」蛾姐眼中燃燒著憤怒的紅光。

「正爺怎麼知道我會叛變？」

「廢話！你那麼機歪！」蛾姐這句話真是我有生以來我聽過最有道理的一句話。

「哼！」積歪往地上吐一口痰，真是一點教養都沒有。

不對，我發現地上的痰怪怪的。

痰開始蠕動，發出吱吱吱的聲音，並變得越來越大團，最後竟變成三公尺高的痰怪。

「哇！你的法術怎麼那麼噁心？」我一臉嫌惡的表情盯著積歪，人積歪就算了，就連法術都這麼惹人嫌。

「先生，難道你的大便攻擊就很乾淨嗎？」積歪好像也很不服氣我的攻擊。

「對喔！」我歪著頭回答，他這句話也蠻有道理的說。

「把滅火器丟過去！」

「好！」我高舉滅火器，毫不猶豫向那隻痰怪丟去。「你就和你噁心的法術同歸於盡吧！」

滅火器飛到痰怪面前。

然後……

「痰怪把滅火器吃了？」我下巴簡直要掉到地上。

痰怪打了一個隔，嘴裡噴出熊熊火焰，接著用鄙視的眼光看著我。

被一團痰瞧不起的滋味可真不是人受的，於是我轉身將褲子脫下。

雙手緊緊壓住地上，好穩住身體，屁股向上抬至仰角四十五度，然後發射。

轟！

我回頭看著滿身是屎的痰怪表情猙獰，混著屎色的身體漸漸溶化，看來我的攻擊奏效了。

但是，積歪人呢？

「小心上面！」蛾姐大叫。

我抬頭，看到積歪飛在我上空，高舉著燃燒火焰的腳就要將我「踵落」。

「痰怪只是幌子，這下攻擊才是真的，喝啊！」積歪腳壓下，我只感覺臉上被一陣高溫的風壓掃近。

碰！

一個高速的黑影瞬間急速躍至我眼前，與積歪產生完美的空中撞擊。

我轉頭，看著站在原地，驚慌失措的蛾姐，那黑影終究不是蛾姐。

飄在上空的積歪與黑影分開，分別降落兩地。

那黑影，慢慢浮現出清晰輪廓的人型。

蒼白的臉，雙眼散發藍色光芒，她低著頭靜靜站著，不說話，也不呼吸。

「女傭殭屍？」我皺眉。

回頭看看積歪的臉，他更是不可置信。

「忘了告訴你，正爺的女傭殭屍，不只是女傭殭屍。」蛾姐站穩，雙拳重新緊握。

「喔？」

「太好了！有幫手！」我的情緒從驚慌失落的邊緣爬回，心中重新填滿鬥志。

「看來我們兩方好像要勢均力敵了吧？」積歪揮手示意周圍小弟們跟進。「越來越好玩了，咱們來打團體戰吧！」積歪冷笑。

小弟們摩拳擦掌，興致勃勃，重新將槍上膛，看來他們很熱衷於打群架這運動，應該很適合去立法院上班。

說什麼團體戰，還不是積歪跟他小弟加起來的十幾人，對付我們三人。

不對！是兩人，加上一個殭屍。

正確的說，應該是……一個人加一個殭屍加一個像殭屍的人。

「蛾姐，他們人那麼多，我們有勝算嗎？」隱約感覺，我的雙腿顫抖著，似乎是被對方的人多士氣高給震懾住了。

「放心，這是正爺的殭屍，絕對夠強的。」蛾姐嘴角微揚。

「就讓我積歪大哥來當開路先鋒吧！」說完，積歪將拳頭往地上一擊，地上不斷開始爆裂出數公尺高，山峰形狀的火焰，殺氣騰騰，向我們這邊襲來。

「擋得了嗎，蛾姐？」我猛然轉頭，祈求般望著蛾姐，希望她能用衝撞氣流擋下這一波攻勢。

「不用擋！」

「？」

前方視線被火焰掩埋，空氣被高溫扭曲變形。

真的有辦法擋下嗎？

女傭殭屍沒說話。

她只是做出跟積歪一模一樣的動作，蹲下用拳頭往地上猛然一擊。

一模一樣的火焰山峰也從女傭殭屍的拳上爆裂出來，撲向前，與積歪的攻擊對峙。相撞，爆裂，空氣膨脹，地面搖晃。

我用手遮住視線，以避免被飄散於空氣中零星的碎焰燒傷眼睛。

兩團火焰伴隨亮光消去，徒留高溫。

「勢均力敵耶！」我驚呼。

積歪的臉從疑惑中轉變成「幹在心裡口難開」。

他開口怒罵：「媽的！怎會有這種事情？」

「我說過了，正爺的女傭殭屍，不只是女傭殭屍。」

「我們上吧！」我大喊，有隊友並肩作戰的戰鬥，是場令人感動的戰鬥。

「積歪就交給女傭殭屍吧！我們對付小弟就可以了。」蛾姐與我交換眼神，然後兩人點頭，有默契地一齊向前衝出。

殭屍也衝出。

積歪衝向前。

所有積歪的小弟們舉起槍。

我，不怕。

女傭殭屍與積歪同時躍起，在空中化成高速移動的黑色殘影，雙雙碰撞，發出颼颼與撞擊聲。

積歪的小弟們一齊發射子彈，但瞬間被蛾姐的氣流擋下。

蛾姐高速移動至小弟們面前，我使出吃奶力氣跑向前。

蛾姐靠著高超的格鬥技瞬間讓所有小弟們趴地，哀鴻遍野。

我跑到蛾姐後方大喊：「蛾姐，用氣流將我送上天空。」

「好！」蛾姐轉身，伴隨單手往地上一劃，我感覺我被一股強大氣流掃起。

三公尺。

五公尺。

十公尺。

飛至頂點。

　　我在空中輕藐俯瞰著下方所有的亡命之徒，將褲子拉下，盡可能地將兩片屁股肉扒開，好讓轟炸範圍張至最大。

　　雙腳劈至一百八十度，必殺技的準備動作已完成。

　　我在空中爆吼：「必殺技，傾！盆！大！屎！」

　　所有小弟們在下方雙眼開開，嘴巴開開。

　　轟！

　　土石流氣爆，夾帶高量水份的砲彈壓下，涵蓋範圍至少方圓十公尺。

　　我拉起褲子，輕鬆躍下，佇立在被屎埋葬的敗兵群上，所有人無一倖免於我的攻擊。

　　「抱歉，我最近常拉肚子。」我冷冷傲視著所有敗者，驕傲地說著。

　　天空一個高速黑影朝我這裡俯衝，我下意識連忙躲開。

　　黑影著地，趴吼一聲滑進了屎堆裡，滑了快十公尺才停止。

　　周圍，屎氣瀰漫，哀聲震天。

　　那個黑影也慘叫連連，在屎堆裡掙扎，我凝神一瞧。

　　我終於笑出來了，那個人就是積歪。

　　回頭望，女傭殭屍與蛾姐安穩地站在後方。

　　勝負分曉。

　　「殭屍是打不死的，這句話出自於積歪的名言，哈哈！」我大聲嘲笑著，真是令人爽快。

　　「可惡！」積歪狼狽站起，他的綠色西裝如今變成深褐色系了，看起來更成熟更穩重，還有……更臭。

　　「從你的殭屍被溶化的那一刻，你就輸定了！」在我身後的蛾姐大喊。「沒有殭屍，說實在的，你也只比一般人會打架而已，沒啥威脅，哈！」蛾姐故意將尾音上揚，好狠狠地嘲諷積歪一番。

　　「咱們走著瞧，現在我已經擁有了絕大部份的超人殭屍，你們就等著被我炮製成殭屍吧！」他伸出中指，指著我說：「尤其是你，愛大便的傢伙，今天受你的恥辱，將來我一定加倍奉還！」

　　「沒在怕的！」我回敬他一根中指。

　　「一碗滷肉飯加沙拉。」

電梯門打開，褐色化的綠軍離去。

多麼完美的勝仗啊！

「小子，你還蠻不賴的，看來正爺說你是萬中無一的練武奇才，是真的。」蛾姐笑笑地走過來，她的笑容依舊是陰森的讓人想大便。

「還好啦！」我裝作不在乎，其實心裡爽得要死。

而殭屍，好像是完成執行命令後的程式，停止一切動作，安靜站在原地，眼睛也不再綻放藍光。

「正爺人呢？為什麼在那麼重要的時候，他跟他手下會這麼離奇地消失不見？」

「我也不知。」蛾姐聳聳肩。

我四周張望，想尋找正爺的蹤影，忽然遠遠望到他從辦公室正中央連接至二樓的樓梯走下來，後方跟著他的手下。

藍色大軍，浩浩蕩蕩走下來。

「他們在做啥？」我完全摸不著頭緒，只是呆呆站在原地，等待那一群把我跟蛾姐丟下來，自己憑空消失的藍軍，慢慢走到我前面。

「結束了？」正爺輕鬆問著，好像這場大戰跟他一點關係也沒有。

「Yes！」我點頭，但其實心裡很想對他比中指，明明是師徒間自己的恩怨非得要把我捲進去，捲進去就算了，自己還置身事外，要不是我是英雄，有度量不跟你計較，我早就……

「正爺，您剛去哪兒？」正當我在心裡碎碎唸到一半時，蛾姐用很禮貌的方式向正爺請教最重要的問題。

「妳剛沒來啊？」正爺一臉驚訝地望著蛾姐。

蛾姐先是愣了一下，隨即忽然想到什麼事情似的，整個人叫了一下。

「對喔！我都忘了今天是殭屍人力銀行的投籃機大賽。」

「投～籃～機～大～賽～」我有沒有聽錯，他說的結束了，不會是指比賽結束了吧？

「可惡！早知道就裝死了，害我錯過這場比賽。」蛾姐氣得跺腳，一副心不甘情不願的樣子。

「沒關係，下個月還有嘛！」正爺試著安撫蛾姐急躁的情緒，所有手下的眼神好像也為蛾姐的缺席感到憐憫。

就是沒人問到剛剛的戰鬥情形。

他們竟然可以為了比賽投籃機而不管公司被入侵者襲擊！

挖勒 X#@……！殭屍人力銀行到底是怎樣的一間公司啊？我快昏倒了。

「我們現在來舉行頒獎典禮，」正爺說。難道他要為我剛剛的光榮事蹟頒獎？太令人感動了！

「得獎者是……」

我含著淚跑過去，露出燦爛的微笑。

「陳明良，恭喜你獲得本月份的投籃機比賽冠軍，獎品是薑絲一年份。」

陳明良摸著頭害羞地笑著。

大家歡欣鼓掌。

正爺拿著獎品跟憨憨良一起合照。

蛾姐負責幫忙拉炮慶祝。

我摔倒了。

於是我連爬忙起。「正爺！積歪，積歪啊！我剛剛打敗……」我激動地喊著。

「你在機機歪歪個什麼勁？」正爺轉頭冷冷地看著我。

我的心，再次被砲彈擊中。

「積歪走了。」蛾姐好像想起了一分鐘前的事情，好心地提醒正爺。

「對喔！」正爺一臉恍然大悟，現在才恍然大悟會不會太誇張了！

「嗯！」我猛點頭。

「這小子背叛我就算了，還敢來我公司撒野，太狂妄了！」正爺氣憤地說著，他終於說出我想要說的話了。

「不管是誰，都不能，都不能……」正爺緊咬著牙，滿臉通紅，對積歪的所作所為感到憤怒。

「都不能阻止我們舉辦投籃機大賽！」正爺舉手大喊。

「對！」所有手下大聲應喝，氣氛熱到不行。

這間公司是瘋子人力銀行嗎？

後來，我又放了個驚天動地的屁後，大家才注意到我的存在。

我將所有實情全部告訴正爺後，正爺才冷靜下來。

「為什麼每次我要吸引人家的注意，都要用很極端的方式啊？我可是英雄耶！」我大聲說著，對正爺剛剛的行為感到很不滿。

「是！是！是！」正爺苦笑著，他嘆了口氣，繼續說：「其實，我早就預料到你們會打贏了。」

「？」

「你知道嗎？積歪在竊取本公司大部份的超人殭屍後，他身邊所擁有殭屍的戰力，已經遠遠超過目前我們所擁有的。」

「那怎麼辦？」情況看來很不樂觀。

「所以你的出現，也是命中注定。」

「？」

「你的身上，擁有打倒積歪的一個關鍵。」正爺自信地看著我，跟答應積歪要拿殭屍跟我戰鬥時一樣的眼神。

「大便？」我胡亂猜測。

「對！」

「你是說……溶化殭屍這個能力嗎？」

正爺點頭。「如果沒有你，光靠我派去的女傭殭屍，很可能無法打贏積歪。」

「你知道，為什麼警察能夠維護這個社會的秩序嗎？」正爺問了一個跟殭屍不怎麼相關的問題。

「是因為……他是警察嗎？」

「錯！」正爺對我比了個叉的手勢，接著說：「警察能夠維護社會秩序，是因為他有槍。」

他又比了個手槍的姿勢。

「因為這世界上除了超人，沒有人擁有可以親手將子彈接下來的能力，所以當警察拿槍指著人，那人只能舉手投降。而當槍落入壞人手中呢？警察就必須與壞人發生槍戰，才能將他制伏。」正爺來回踱步著。

完全聽不懂他在說什麼，警察抓強盜的童話故事嗎？

「現在這情形看來，積歪身邊擁有大量的槍，而我們這邊已經沒什麼槍可以跟他們對戰了。」我好像聽懂一點了。

「所以我們處於弱勢，對吧？」

「嗯！」正爺轉身。「而你，就是那個擁有將子彈接住，甚至將子彈摧毀的人。」

我好像聽懂正爺的話中之話了。

「我們殭屍操縱師，就好像警察，而殭屍，是我們的槍，如果沒了槍，我們就跟普通人一樣，只是比較會打架罷了。」正爺低頭沉思著。

「那我們該怎麼辦？」我心中雖然倉皇，但我相信正義的一方一定會獲勝的，故事不都是這樣演的？

「你的大便，是關鍵，我要將你訓練成真正的英雄。」正爺這句話真是令我太感動了。

正爺伸手指了剛剛被我撞到的玻璃門。「那扇玻璃門後面，有個殭屍人力銀行專門拿來對付積歪的秘密武器。」

「那扇玻璃門後面……不是廁所嗎？」我歪著頭，難道廁所中暗藏玄機？

「對！就是廁所。」什麼東西？

「廁所裡有個馬桶，是能夠承受全世界最強的屎爆衝擊的馬桶，是專門為你設計的，而你所爆出來的屎，將直接連接到一個比巨蛋還大的倉庫儲存起來，將來可以拿來對付積歪的超人殭屍。」正爺慢慢說道，聲音依然中氣十足，從話中可以聽出他那無比的自信。「對付積歪，需要你，還有殭屍人力銀行的所有同志們共同努力，大家說，對不對啊！」正爺握拳高舉。

「對！」大家再次大聲應和，氣氛再次被炒熱，看來正爺不去選立委太可惜了。

「等等，我有兩個問題。」我舉手發言。

「請說。」

「你早就知道我會出現來幫你了？」

正爺沒回我，只是嘴角上揚，用鼻孔噴氣來表示他對我的肯定。

「如果我的出現可以用命中注定四個字來解釋，那你又怎麼知道積歪會叛變，而設計了許多對付他的武器呢？」

正爺依然沒回我，他低頭嘆氣，隨即靜靜地望著天上。

「因為他啊！」

我將耳朵靠近，好聽清楚正爺接下來要講的關鍵語句。

「因為他很機歪。」正爺又嘆了一口氣。

真不愧是瘋子人力銀行的老闆，如此一來，我更可以確定十年前給我那封信的神經病是正爺了。

「喔！掰掰！」我實在忍受不下去了，想當場調頭就走人。

「等等！」

「？」

「吸星大法！」

「！？」

「喝啊！」

「啊～～～」

「要大便去廁所大，敢在這裡再大出來一次，我就把大便從你嘴巴灌進去！」

「天啊！」我趕緊抱著屁股跑。

入侵者離去，玻璃門也開啟了，我順勢衝進去。

衝到廁所裡大便間門的前面。

「什錦炒飯加奶茶。」

門打開，一座全身金黃色、兩旁附有防止人因為屎爆的反作用力而衝上天的安全帶，以及把手上寫著「1、2、3、4、5、R」的排擋式高級沖水馬桶呈現在我眼前，雖然我不知道把手是拿來幹嘛的，但還是很興奮地坐下，安全帶扣上，隨便打了個檔位。

轟！轟！轟！轟！轟！轟！轟！轟！轟！轟！轟！轟！轟！轟！
轟！轟！轟！轟！轟！轟！轟！轟！轟！轟！轟！轟！轟！轟！
轟！轟！轟！轟！轟！轟！轟！轟！轟！轟！轟！轟！轟！轟！
轟！轟！轟！轟！轟！轟！轟！轟！轟！轟！轟！轟！轟！轟！

轟！轟！轟！轟！轟！轟！轟！轟！轟！轟！轟！轟！轟！轟！

在高潮中，我汗流浹背，用鬼哭神豪的屁爆聲來慶祝自己踏上英雄之路。

積歪叛變，世界陷入危機，而我是那個打敗積歪的關鍵人物。

超人殭屍，我是否真有能力將他們擊倒？

對於未來，我這英雄將會面臨到什麼危機呢？

「我相信，這將會是一篇精采的故事。」我微笑，一滴汗水從臉頰滑落。

第二章：神機妙算的鄧教授

「正爺正爺！能不能冒昧請教您一個問題？」

「請說。」

「你們公司的生意好不好啊？」

「不錯。」

「是喔！那現在呢？」

「什麼意思？」

「就是現在不是很多超人殭屍都被積歪偷走了嗎？那公司怎麼經營下去？」

「嗯！其實是沒差啦！超人殭屍平常是不會用到的，除非是外星人入侵地球，才會拿出來維護正義一下。平常拿出來為大家服務的，都是其他一些比較普通的殭屍。」

「喔！那你們公司都接哪方面的 case 啊？」

「陪玩殭屍拳。」

「？」

「現在很多人都喜歡玩殭屍拳啊！像有些人就打電話來，叫我們公司派殭屍去陪他們小孩玩殭屍拳，有些上班族也打電話來，叫我們公司派些殭屍拳很強的殭屍去幫他們應酬。你知道嗎？現在殭屍拳是應酬時最受歡迎的拳喔！划酒拳的時代已經過去了，現在喝酒時玩殭屍拳，才是王道！」

「……」

「你幹麻不說話啊？殭屍拳其實很簡單喔，隨便學都會。來！我教你。殭屍的殭屍的殭屍切，殭屍的咚咚殭屍切，殭屍的耶耶殭屍切。」

「……」

「你幹嘛一臉很無言的樣子啊？」

「沒有，我只是突然間覺得很想大便。」

※

在我的學校，我系上，有個教授，很強。

該怎麼說他呢？

嗯！就先從他的學歷開始談起吧！

美國蜜吸根大學土木工程博士，擅長流體流動之模擬與分析。

從小就很喜歡算一些有的沒有的，連他爸爸的鼻毛有幾根也數得津津有味。

這樣的興趣，造就他一身偉大的才能。

所以他的強項，就是「算」。

他可以將自然間一切萬物的運行全部化成數學公式來運算、模擬。

他最討厭的，就是實驗。

他曾說過：「今天如果要判定一台車耐不耐撞，傳統的方法就將車吊個高高的，然後玩自由落體，看車撞得慘不慘，再來判定這台車子耐不耐撞，這種方法，根本就是變態在玩的遊戲！要知道一台車耐不耐撞，用模擬的就好了嘛！只要將車子所有資料輸入電腦裡運算，就可真實的模擬出一台車的任何情形，甚至還可以知道，這台車能不能承受得住龜派氣功的攻擊，而電腦模擬根本不用花什麼錢。實驗一台車，你看你看，隨隨便便就把一台好幾百萬的車撞爛，有什麼好玩的？」

當初聽他這樣說，好像他對用電腦模擬真實情形太過於有信心，所以我本身也很想反駁他一下。

我這樣說：「但是，不經過實驗，又怎能知道你的模擬夠不夠真實，夠不夠可靠呢？所以，模擬跟實驗都是必要的，不是嗎？」

想不到，他聽了我這一番話之後，更生氣了。

「我的模擬絕對是百分之百真實，任何實驗對我而言都是 shit！」

當初聽他這樣說，總以為他是個只會大言不慚的教授。

直到發生一些事情後，我才發覺他的「強」可真不是亂蓋的。

去年學校一棟大樓剛蓋好，正舉行落成典禮。

這棟大樓是隸屬於工學院的建築，身為工學院的學生都必須參加。

學校方面迷信的，特別重視風水的部份，所以那天落成典禮時，就特別請了一個風水師到處觀看。

看什麼，我也不知道，應該是山與水之類的東西吧！

「那個風水師長得不倫不類的，怎麼感覺是個詐騙集團請來的瘋子啊？」我拍了因為站太久而整個人呆掉的憨憨良的頭。

憨憨良看著我傻笑，似乎是被我從白日夢裡給敲醒了。

風水師跟工學院院長進入那棟建築物良久後，才又帶著那感覺收到人家很多錢的笑容，出現在一樓的演講台上。

「這棟建築物蓋的地方，真是風水寶地啊？他一定會這樣說的，對吧！」我又拍了一下再次睡去的憨憨良的臉，這次他被我從美夢中給驚醒了。

「這棟建築物蓋的地方，真是風水寶地啊！」風水師激動地說著，那感覺簡直比選上立委還興奮。

他繼續面不改色，激動大喊著：「根據我保守估計，每個進過這大樓教書或上課的學生或老師，未來必定不可限量。」

「我就知道！」我嘆氣搖頭，踹了三度睡著的憨憨良的大腿，他被我踹倒，馬上爬起來東張西望，不清楚發生了什麼事，然後又站著安祥地睡去。

「這棟建築將長長久久，千秋萬世直到永遠！」他說到痛哭流涕，雙手在空中大力揮舞著，肯定是賺了不少錢。

「這棟建築物，再過二十天、十三個小時又三十二分後，會整個坍方。」一個熟悉的聲音忽然出現在我耳邊，我轉頭，他帶著一副讓人看起來很內行的眼鏡，手裡捧著筆記型電腦，電腦裡都是一些數據，還有大樓塌陷後的慘狀模擬圖。

「鄧教授好！」我禮貌性向他問好。

「你說什麼！那個手裡拿著電腦的傢伙。」演講台上的風水師耳朵好像忽然變得很大，聽到了離他約三十公尺遠的我們小聲對話的內容。

在場所有人立即肅靜。

「你沒事幹嘛大樓一蓋好就來唱衰？是來懷疑本大師的專業嗎？還

47

是你有自信，比本大師更會算？」那風水師用了立委在砲轟市長時的專門攻勢。

「我除了風水跟命運算不出來以外，其他的都可以。」鄧教授看來很有自信。

「好啊？那您能不能提出一些專業性的假設，為您偉大的預言來自圓其說啊？」那風水師問了一句像是積歪會問的的機歪問題。

「這不是預言，而是計算出來的結果。這棟建築物地基下的地下含水層過於淺，而含水層底下之不透水層又過深，造成表面覆土與地基部份之土壤不穩定性機率過高。另外，這棟大樓之主要支撐結構皆採用安全係數只有一點五之廉價混凝土灌漿，而實際上，屋樑所能承受的剪應力卻又小於之前所估計，而造成結構負荷過重。在考量建築物一天平均吞吐人數為五百人的假設上，加上人員變異係數混合模擬演算的結果，這棟建築會因為地基搖晃與人為震動，而承受不住太嚴重之結構變形，而於四百九十三小時又三十一分後造成結構損毀而崩落。」他專心看著電腦裡的數據。

那風水師先是愣了三秒，隨後說：「你不要以為你說了一大堆像是專業性話語的唬人字句，大家就會相信你！」

「哼！」鄧教授輕推眼鏡，冷笑，之後轉身離開。

「真有大師風範啊！」我不禁想為他鼓掌。

之後，過了二十天，在鄧教授的預言，應該是計算結果那天到來時，所有人因為聽了鄧教授一番話，皆不敢於那天進入建築物，而站在大樓外，看看事情是否真的會像鄧教授說的那樣。

時間來到了四百九十三小時又三十分，離預計坍方時間只剩一分鐘。

時間來到了計算結果的那一分鐘，結果，建築物完好如初。

所有人都鬆了一口氣，開始叫囂說，鄧教授其實是個只會唬人的教授等話語。

「對不起！」鄧教授又拿著筆記型電腦出現在人群中，不會是來為他的狂妄之語道歉吧？雖然我覺得那風水師說的千秋萬世，直到永遠更唬人。

所有人皆用鄙視的眼光看著鄧教授。

「我忘了考量一個因素，就是那天，大家聽到我說完那些話後，最後一天會不敢進入此大樓，所以最後一天的人員吞吐量不能列入計算。我將數據重新輸入，結果，此大樓會延遲大約三分鐘後崩落。」

然後又過三分鐘，嗯！

那大樓坍方後的模樣就跟教授電腦裡的模擬圖一模一樣。

鄧教授果然是神！

看來我們工學院的學生，以後上課又恢復到跟別的學院借教室的日子了。

之所以，我為什麼要特別提到鄧教授呢？

正爺說，為了對付積歪，他將要實行一個龐大的作戰計畫。

為了此計畫，必須招募各方面的人才，連我這英雄也被招募進去。

在人才招募完畢後，就展開一連串的反積歪作戰計畫流程，然而在計畫展開沒多久，卻發現了一項非常嚴重的缺失。

一項完美的計畫，需要的是完美無瑕的考量、精準無誤的評估，其結果才能百分之百符合當初計畫所欲設目標。

從殭屍兵器的生產、技術人員流動與分配、作戰計畫的擬定、各部門的運作與相互協調、以及決策，缺乏了一項最重要的東西。

數據，一項能讓人百分之百信服的依據。

就算計畫自認為非常的可行，萬無缺失，如果在最後不能達到所想要的目標，一切就只是枉然。

如果能有一份強而有力的結果評估數據，像是事實般地擺在眼前，那就非常適合作為計畫時的決策。

然而，不要說正爺身邊的技術人員，世界上沒有一個人，能夠接近百分之百模擬出一切事件運作後的結果。

正爺是個吹毛求疵的人，他必定要有個能將所設想之結果百分之百模擬出而獲得絕對精準數據的人，來幫助他來設計這一連串反積歪作戰與拯救世界等偉大的計畫。

於是，我向正爺推薦了鄧教授。

他的強，我親眼目睹。

要確定能夠百分之百打倒積歪，需要他的大力協助。

「所以，你的意思是要我去幫他？」他打電腦打到一半，頭抬起來，輕推眼鏡。

「這是拯救世界的大任務，成功的話，可光榮呢！」我興奮地說。

「我對拯救世界的事情沒興趣！」他拒絕得很爽快。

「正爺先付訂金一千萬，事成後再付剩下的九千萬。這是支票。」我將正爺給我的支票拿出來，丟在桌上。

「好！」他又答應得很爽快。

人，總是現實的，不管世界遭受危險與否。

對他而言，不是像我一心一意為了拯救世界而奮鬥。

他要的，是那一億。

將筆電合上，他緩緩站起，又輕推了眼鏡。

「何時見面約談？」

※

正爺是個愛運動的老人，特愛爬山。

那天與鄧教授的會面，不像許多生意人喜歡在咖啡廳或高級餐廳約談，正爺選擇了邊爬山，邊與鄧教授討論拯救世界的大計畫。

偉大的人，做的事情也很偉大。

我呢？就在他們約談的那一天，正式開始我的英雄修行之路。

爬山的路途上，正爺身邊雖然跟了他專屬的女傭殭屍，但我猜想，正爺只是用來保護他和我們這一群人罷了，所有正爺與鄧教授的一些野餐與其他零零碎碎的用具，全部集合成一個大包裹，要我從山下揹到山頂。

位於殭屍人力銀行的後山有許多登山步道，其中有一條是最為特殊的，不像其他道路繞著山壁蜿蜒而上，而是由一條由樓梯修築而成的直線道路，直達山頂，所以我們爬山，就猶如在爬一座超巨型的金字塔，樓梯上升的斜率幾乎維持在四十五度的仰角，要一口氣爬完，實在是相當累人的。

而我必須揹著這上百公斤重的大包裹，一口氣爬完全程，可真是艱難的修行。

對於一心想成為英雄的我，這樣的辛苦卻讓我樂此不疲。

吃苦當作吃補，我深深相信這句話的涵義。

不知爬了多久，也不知山頂到底有多高，我只聽見自己的喘息聲越來越劇烈，在我雙耳繞著回音，似乎在向我訴求著別再累下去了，但我不能放棄。

鄧教授與正爺邊走邊聊得很盡興，完全沒有顯現出任何疲態，而穿著太空衣的女殭屍則是像經典殭屍系列電影中的殭屍，尾隨我們隊伍最後面，等我們爬了一段路後，再做一口氣跳上來。

地面的風景越來越渺小，漸強的風捲亂了我的爬山步調，巨大包裹開始晃動，我還是盡量穩住自己腳步，絕不能退縮。

費盡千辛萬苦，終於讓我攻頂成功了。

我將包裹卸下，往地上一摔，碰的發出一聲巨響，讓我深深覺得自己揹的東西還真不輕，心裡有股說不出的成就感。

山頂雖然冷，不過天氣算是很不錯，因為沒有雲的遮蔽，我們可以完全接收到來自於太陽的熱情。

往下一望，是片美麗的雲海。

想想，我們爬得還真高啊！

心裡正在慶幸地一次修行大成功之餘，眼見女傭殭屍將包裹打開，將野餐用的大陽傘以及桌椅拿出來擺設好後，臉不紅氣不喘的正爺以及鄧教授就坐下來，開始他們的重要會議。

我坐在地上搥搥自己的肩膀，今天可真是辛苦。

女傭殭屍從包裹裡又拿出了兩支左右各寫了 500kg，合計總共兩千公斤重的啞鈴，開始在一旁做她的重量訓練。

我還真強！

開會到一半，正爺忽然轉過頭來說：「對了，你今天的修行可以開始了。」

我一臉茫然：「什麼開始？不是已經結束了嗎？」

難道揹好幾千公斤重的包裹上山，只是修行的一部份，不是全部？

「什麼開始？你今天不是都還沒做過修行？」正爺狐疑地說。

「有啊！在山下的時候，你不是叫我揹包裹上山嗎？這不就是修行？」我馬上反駁，不會揹好幾千公斤的重物爬山在正爺眼中不算什麼，連當作修行都沾不上邊？

「我是叫你，把包裹給女傭殭屍揹，你耳背啊！」正爺的嘴角顫抖著。

我的嘴角也是。

「是喔？」我呆坐在地上，猶如大夢初醒。

「不管你有沒有揹包裹上來，修行還是得繼續。」正爺沒打算讓我休息，看來他是個嚴格的師父。

「是喔！那修行是什麼？」我用人臨死前說話的口氣說著，剛剛一路揹那東西上來，真是快把我給折磨死。

正爺站起，走向我們剛剛爬上來的樓梯邊，示意要我跟過去看。

正爺指著那直直深入雲海、直達地面的階梯：「來！從這裡滾下去。」

「你該不會是要我鍛鍊無敵風火輪吧？」

我想起了小時候看過的一部電影，叫作「破壞之王」，電影裡主角的師父曾要他鍛鍊過一招叫作無敵風火輪的絕技，叫主角從樓梯上滾下去，不會現在正爺也叫我鍛鍊這招吧？

「是啊！你怎麼知道？」

「哈哈！我說正爺您可真愛說笑！」我微笑著，情緒陷入一片歇斯底里。

「我什麼時候跟你說過開玩笑的話？」正爺露出認真的神情。

正爺是沒對我開過玩笑，只不過他每次說出的話，都讓人以為他在開玩笑。

「我很好奇，為什麼女傭殭屍要穿著太空衣爬山啊？」我趕緊轉移話題，我可不想英雄還沒當成功就先成仁了。

「是這樣的，其實穿太空衣最主要的目的是用來阻擋陽光的照射，殭屍最怕的就是陽光，一照到陽光，就跟被你的大便噴到一樣，會溶化的。」

「原來如此，我還以為你要把殭屍送上太空，真好笑，哈哈哈哈！」

「你到底要不要滾下去？不敢自己滾下去的話，我叫我的女傭殭屍幫你。」正爺話說完，我忽然感覺肩膀上放著一雙冰冷無情的手，轉過頭看，穿著太空衣的女傭殭屍頭罩裡正發出兩點駭人的藍光。

我又開始想大便了。

我轉頭過去，想用祈求的眼神望向鄧教授，希望他能救我一命，不過，他沒有與我眼神交會，他專心地看著自己的筆記型電腦。

「利用一階微分方程所構成的程序方程式與兩百乘兩百計量矩陣混合演算之模擬結果，鍛鍊無敵風火輪所造成之創傷，可以讓你住院一個禮拜。」他輕推眼鏡。

「我已經安排陳明良在山下迎接你，當你滾下山後，他會幫你叫救護車的。」正爺說。

「……」

「滾吧。」

「……」

「懷疑啊！」

「你滾下山後的慘狀模擬圖已經做好了，要看嗎？」鄧教授將筆電轉過來給我看。

「夠了夠了，我滾就是。」我別過頭去，我已經徹底絕望了，反正鄧教授也說了，只會住院一個禮拜，就姑且相信吧！

真不知道做這訓練的目的到底為何？正爺是真的想讓我鍛鍊出無敵風火輪的絕技嗎？還是他根本如我所說，只是個瘋子人力銀行的老闆？

「願上帝保佑你，阿門。」信奉道教的正爺誠心地為我祈禱。

這世界，天理何在？

※

「我昏迷多久了？」我搓揉雙眼，頭感覺沉重不已。

「一個禮拜。」

「一個禮拜？不會這一個禮拜以來，你都在病床邊陪伴著我吧？憨憨良，你真夠義氣！」我緊握著憨憨良的手，激動地流著感動的淚滴。

「沒有，我剛來醫院，鄧教授說你大概會在這個時候醒過來，要我這個時候來探望你，並且幫你辦理出院手續。」

「你可以走了。」我拿球棒敲了一下他的頭，他抱著頭在地上打滾，感覺很陶醉。

咦？為什麼我手上會有球棒？

不重要。

拿起床邊躺著的一支遙控器，我打開電視，索性亂轉著頻道。

忽然間畫面被定隔住，再無法亂轉。

「緊急新聞，位於市中心的大街上忽然湧出大批殭屍，疑似為殭屍人力銀行所放出的，目前已派出大量警力封鎖現場並開始與殭屍對抗，呼籲附近的民眾請盡速撤離。」

「啥？」拿著遙控器，我整個人愣住。

憨憨良，還在打滾，絲毫不知道市中心已經發生了大事。

「警方嘗試用子彈攻擊殭屍，但是看起來卻毫無作用。」畫面裡，穿著太空衣的殭屍先是被子彈打到，後仰了一下，又繼續往前撲，眼看警方的火線就快要攔不住殭屍群了。

現在是晚上，為什麼殭屍還要穿太空衣呢？

沒想太多，二話不說，我扯下所有接在我身上的醫療儀器以及繃帶，抄起球棒，整個人跳離病床。

雖然身體還有許多傷口沒有完全癒合，讓我疼痛不已，但我早已管不了那麼多了，正爺是個正義之士，那些殭屍不用想，絕對是積歪派去的，得趕快過去與正爺會合才行。

跑到門口，正好碰到一位推著換藥車的護士，她一看到我就匆忙地大喊：「這位病人，你現在許多傷口還沒好，還要等著換藥呢！不能亂跑啊！」她想伸手把我攔下。

「裡面有個抱著頭在地上滾來滾去的傢伙，會解釋一切的。」我做個漂亮的假動作，巧妙地躲開她的防守，衝向門外。

心想，憨憨良解釋得出一切才怪，但這不是重點。

重點是，拯救世界的大事情，怎能少了我這個大英雄。

警察根本不知道，對付殭屍，要用我的大便。

※

夜晚的市區燈火很明亮，群眾的驚惶失措、殭屍的低沉呻吟、槍聲在今晚沸騰了這座城。

我跑得很快，手中緊握著不知從哪裡出現的球棒，興奮地奔向事情發生的現場。

穿越馬路時，有許多車險些撞上我，但都被我輕易地疾閃而過，感覺現在的我，動作比以前敏捷許多。

「現在這情形看來，積歪身邊擁有大量的槍，而我們這邊已經沒什麼槍可以跟他們對戰了。而你，就是那個擁有將子彈接住，甚至將子彈摧毀的人。」

除了呼吸聲，正爺說過的這句話不斷在我腦中打轉，我知道，這時候的世界正需要我來營救。

正爺不知道有沒有派人到現場救援，不過，根據新聞的報導，我猜想，如果現在正爺以及他的人員一到現場，一定會被警方誤會為釋放殭屍的現行犯而當場將他逮捕，無論如何，我必定非到現場不可。

跑出醫院時忘了穿鞋，腳底板因為高速奔跑而不斷與地面摩擦，導致嚴重破皮，雖疼，但還是阻擋不了我想拯救世界的衝動。

我不入地獄，誰入地獄？

跑到警方封鎖線前，好心的警察張開雙手，想阻止我向前，我反射性地躍起，在空中前空翻，頭朝下望時看到了那警察頭抬起看著我，驚訝得很生動，同時的我，也為自己不知為何能夠做出如此特技級的動作而感到詫異。

也許是想成為英雄的雄心激勵了身體每一塊肌肉，也許是想拯救世界的衝動催化了身體機能的進化。

當我安穩落地，再抬起頭，看到了那群穿著太空衣張牙舞爪的殭屍群，還有邊開槍邊跟蹌後退的警察們，眼看就快要招架不住。

警方沒有瞬間被擊退，所以研判，那群殭屍應該不是屬於超人殭屍的等級，我應該有機會可以打敗他們。

我跑向前去，並沒有看到殭屍人力銀行人員的蹤影，和我當初猜想的一樣，他們再派人或殭屍到現場救援，只會讓事態更嚴重。

重責大任，現在全落到我一人頭上。

興奮的心情驅使我的腎上腺素大量分泌，也加強了我想大便的衝動。

「等著瞧吧！」我的嘴角微微楊起。

球棒緊握，腸胃蠕動得很厲害。

好戲，上場。

殭屍群離警方封鎖線不到三公尺的距離，各個持槍的警員臉色越來越凝重，眼看就要被突圍。

我當機立斷，跑向前，踩上一旁的車頂，再站上位於殭屍群上方的二樓陽台，褲子脫下。

一個殭屍伸出雙臂，抓住了最前線的警員，那警員表情驚恐而無奈，拼命掙扎，卻還是不斷地被拉入殭屍群裡。

正當我要跳出陽，給那群殭屍使用傾盆大屎的絕技時，心中忽然閃過一個念頭。

「穿著太空衣，不就把我的屎隔絕在外，而無法與殭屍本身接觸？」

我身體定格，思緒陷入萬般惶恐，因為我找不到可以擊退殭屍的方法。

屎起不了作用，殭屍就幾乎無敵。

看著手上的球棒，我想起了積歪曾說過的話。

「你知道的，殭屍是打不死的。」

我承認，我不是個聰明的人，只有一股傻勁，在緊要關頭，若沒有人能適時提出解決危機的好點子，我就只能硬幹。

警員一個一個淪陷，被拉入殭屍群中的警員不斷在空中揮舞卻抓空的手，像是在奢望我的救援。

沒有退路了，英雄。

為了拯救世界而活的意念，壓過了面對死亡威脅的恐懼，心中無懼，褲子穿上，高舉著球棒，我跳出陽台。

別想太多，幹吧。

我氣勢萬千地從殭屍群上落下，球棒順勢往其中一個穿著太空衣的殭屍頭罩上轟落，發出如揮擊全壘打時的巨響。

頭罩沒破，殭屍只是往後頓了一步，四周殭屍像是發現獵物般，各個轉過身，將攻擊的焦點對向我，眼睛發出的紅光如裝在步槍上的紅外線瞄準器，全都聚焦在我身上。

「那麼硬？」我不能置信地看著被我用球棒奮力砸下卻完全不見一絲裂痕的太空衣頭罩。

所有殭屍向我撲近，我沒有時間沉思對策，只能舉起球棒，再奮力抵抗。

我移動著快捷的步伐，迅速地轉身，朝四面八方揮擊所有靠近我的殭屍，被球棒打到的每一處皆發出吭吭巨響，顯示出殭屍身體的堅硬程度絕對不下我手上的球棒。

「情況看來很不樂觀。」我苦笑著，身上汗流浹背，未癒合的傷口因為劇烈的運動而被扯開，鮮血混著汗水滲出繃帶。

痛覺加速吞噬著我的意志力，眼看就快要撐不住了。

被我轟擊退後的殭屍想繼續前進，但忽然間停住了腳，白煙緩緩從被球棒揮擊的部位冒出，伴隨一股濃重卻熟悉的臭味。

「是殭屍被我的大便噴到後的味道！」我不可置信地呆望著手上的球棒，用球棒揮擊，竟與用我的大便攻擊有一樣的效果。

不只被打到太空衣，連第一個被我轟到頭罩的殭屍頭罩上也冒出令我振奮的白煙，他抱著頭，身體開始抽動，並跪趺在地上，身上的白煙越冒越旺，身體的形狀也開始萎縮，最後身體全部溶化，而在地上留下一件裡頭包著噁心體液的太空衣。

「你們完了。」我冷冷看著所有殭屍，嘴角再度楊起。

我環顧週遭，雖然殭屍的數量多到足以塞滿整條街，但一隻一隻轟，應該轟得完。我趕緊尋找剛被殭屍群吞沒的員警，現在救他們，應該還來得及。

殭屍有帶頭罩，所以絕不可能用尖牙毒咬警員，但是殭屍會對員警做出哪些其他傷害的舉動，我就不甚明白。

我邊把殭屍當棒球打，邊開路邊搜尋員警的身影，好不容易在一根路燈下終於讓我找到一個員警，他並沒有被殭屍毒咬，而是被四個殭屍一起抬著對著路燈阿魯巴，真是可惡！

身後數個殭屍逼近，我轉身使出一字斬，所有殭屍的太空衣發出白煙而蜷縮，再轉身做出收棒入鞘的動作。

「別再阿了！」我對著那群對警員做出殘忍舉動的殭屍大喊。

殭屍沒停下動作，顯然他們聽不懂人話，應該只懂得遵守一個很機歪的人的指令，正爺的殭屍絕不可能做出如此傷天害理的事情。

警員的表情很猙獰，感覺上，他胯下有兩個很重要的東西正面臨被擠破的命運，估計上那兩個東西只要一被擠破，那員警的財產就會瞬間損失約二十億以上，我可不能眼睜睜看著這場悲劇發生而坐視不管。

「我說，別再阿了！」我高舉球棒，奮力地往上一跳，飛到那四隻殭屍的正上方。

咚！

然後就撞上了路燈，我身上某樣也很重要的東西先撞上的。

我頓時全身發軟，抱著路燈無力下墜，球棒一不小心也從手上脫落。

正好壓住了那名員警，他四肢發狂掙扎，隨即靜止，氣數似盡。

所有殭屍停下手邊的工作，我倒抽了一口涼氣，殭屍似乎看上了第二個獵物。果然沒錯，他們抓起了我的四肢，我的腸胃又開始蠕動了。

脫手的球棒，滾離了伸手可及的範圍外，方才的撞擊讓我全身軟弱無力，情勢從我幾乎無敵的狀態，轉瞬殭屍為幾乎無敵狀態。

仰望天，今夜的月色很美。

他們將我拉起，鼠膝部正中央對準路燈，我無力抵抗。

想呼救剛被我壓住的警員，他卻早已口吐白沫，手護胯下，昏死過去，一切希望化為泡沫。

如果我是英雄的話，那我必定會在最緊要關頭想辦法讓自己脫困，並反制敵人，取得勝利。

在現在這情形看來，我不是，至少現在不是。

儘管腸子中藏有浩然霸氣，卻無用武之地。

「英雄無用武之地，哎！」感嘆完，我閉上眼睛，做好接受酷刑的心理準備。

吭！吭！吭！吭！

感覺握住我四肢上的巨力瞬間消失，四隻殭屍似乎同時脫了手，心中劃過一絲驚喜，我張開眼。

殭屍們冒著白煙，濃郁的氣味四溢。

白煙後，隱約出現一個握著球棒的人影，我凝神。

「沒穿太空衣的殭屍？」我皺眉，心中的疑惑大於驚喜。

「你是真的很希望我用吸星大法把大便從你嘴巴塞進去，是吧？」一個熟悉而親切的聲音脫口而出。

煙散去，像清晰，人影輪廓與色澤清晰浮現。

看似殭屍的外表，深藍色壽衣，握著球棒的中年女子。

「蛾姐。」我大叫，淚水比屎早一步傾洩而出，我感動得無法自拔。

「正爺派我過來是對的。」她苦笑，「看來你離英雄這個封號還有一段很長的距離。」

我只能說，此時此刻，蛾姐是我心目中的女英雄，而我是在那即將被巨石壓垮的屋頂下的受難者。

但我不氣餒，只要還活著，一切希望就有存在的價值。

我爬起並拍去塵土，赫然發現蛾姐手上的球棒，不是我原本掉落的那支。

我走過去撿起原本在醫院裡莫名其妙出現在我手上的球棒，仔細端詳，並比較蛾姐手上那支，說：「為什麼用這球棒打擊將屍時，會跟用我的大便噴殭屍所得到的效果是一樣的？」

「回公司再慢慢跟你解釋，小心後面！」蛾姐大叫，我看著地上忽然出現的影子。算準了距離與高度，我轉身用力揮擊，不偏不倚擊中其中一個正向我靠近的殭屍。

「這些殭屍是積歪製造出來的，你要小心，他們只阿魯巴男生。」蛾姐在後面提醒我，我緊握球棒，仔細盯著緩步向我接近的殭屍群，

做好防禦與攻擊的準備。

「總而言之，一棒在手，希望無窮，只要球棒還在我手上，他們就不可能是我的對手，哈！」雖自我嘲解，但心理而存有幾絲對殭屍的恐懼，畢竟對方數目太多，在傷口的疼痛與恐懼將我的意志力吞噬完之前，必須要將所有殭屍擊倒。不過，好在有蛾姐出來幫忙，否則今晚我肯定要變成太監。

蛾姐真不是蓋的，在我說完這句話的瞬間，背後傳來十數聲球棒揮擊聲，忽遠忽近，左右變換。

我也不能輸，高舉球棒，忍著傷痛殺開。

今晚，就在我與蛾姐盡情的揮擊、成群的太空衣殭屍、以及許多被阿魯巴阿到高潮的員警所發出的高亢呻吟聲中，歡樂地度過了。

※

「那群殭屍的目標，是位於市中心銀行的金庫。」正爺神態自若地坐在辦公室沙發椅上。「征服這世界不能只靠超人殭屍，錢，到底還是決定了一個人在這世界上的能力。」正爺喝了口薑絲茶。

鄧教授則是一如往常，安靜地坐在另外一張沙發，看著自己的筆電。

我上半身光著身子，女庸殭屍兩眼綻放著藍光，細心地為我換藥與包紮傷口。

「所以，那些殭屍都是積歪派去的兵馬了？」

正爺點頭，將熱開水倒入裝滿薑絲的陶製茶壺中。

「所以我們成功地阻止他搶錢了，沒有錢，看他還能怎樣。」我驕傲地說著。

只見正爺緩緩搖頭，又嘆氣：「其實銀行只是積歪搶錢的其中之一目標，而搶銀行必須花費大批人力，應該說屍力，而且又耗時間。我想積歪會派殭屍大軍，其實只是想測試我們的實力到底有多少。」

「你的意思是，積歪會用其他的方式來搶錢？」我開始緊張起來，原本以為這樣做就能牽制積歪的財力了。

「我猜積歪不只利用搶銀行，他也一定會利用內線交易與炒房地產等手段來獲得大量錢財。」正爺一臉無奈。

「真是有夠機歪！」連蛾姐也看不過去，破口大罵。

「我想知道關於球棒的事情。」我看著正爺，不過他沒理我，他只顧自搖晃著手中的茶壺，好讓薑絲的味道充分溶入開水中。

這時鄧教授抬起頭來，推了眼鏡說：「你跟蛾姐手上的球棒都是我設計的，這球棒是用鋁與人工鑽石合金作為基底結構，目的在於減輕球棒重量，卻又不失其堅固與耐久性，但是表面經過奈米科技改良，我將它做成與刺絲胞動物皮膚相同的構造。」

「刺絲胞，你是指水母那一類的動物嗎？」

所謂的刺絲胞，就是位於細胞膜表面成千上萬的觸手，因為尺寸很小而無法用肉眼看見。

有些有毒的水母就含有刺絲胞，當人的皮膚不小心碰觸後，觸手會將毒素注入皮膚表面而造成紅腫潰爛，有些水母甚至帶有能夠致人於死的劇毒，都是經由這些看不到的觸手來穿透人體細胞，而將毒素送入人體內。

鄧教授點頭，將筆電轉過來給我看，螢幕內所展示的是我手上那支球棒的結構設計圖。

「我將圖放大十的六次方倍給你看。」鄧教授鍵入一些命令，球棒設計圖放大，發現球棒表面其實並非完全光滑，而是散佈著許多小洞。

「每一個洞均為三百奈米大，直徑比水母的刺絲胞上的觸手還小，而球棒平均每平方公分範圍內，洞的數量卻是水母刺絲胞上觸手的好幾倍。接下來我要說的是重點。」鄧教授鍵入另外一個指令，設計圖轉變成球棒層次構造圖的方式來展示。

「這些洞其實都是一個微感應器，當球棒表面遭受強大撞擊或高壓時，通常也就是你拿球棒揮擊殭屍時，每一個洞的底部都設計一個針頭，連接著棒子中心的超高濃度濃縮大便儲存槽，這些針頭會衝出洞表面約莫十公分長，而將大便送出。此設計的目的是為了當殭屍穿上太空衣而無法將你的屎直接噴在他們身上時，就能使用球棒將屎直接灌入殭屍身體中，而發揮更大的攻擊效果。」鄧教授鍵入指令，設計圖模擬了針頭衝出洞外而將屎噴出的情形。

「我早就料到了積歪為了預防你的噴屎攻擊而將所有殭屍穿上太空衣，所以我叫鄧教授設計了能夠對付太空衣殭屍的武器，他果真沒讓我失望。而你那天在廁所拉出來的屎，也派上用場了。」正爺一臉滿意。

鄧教授輕推眼鏡，冷笑，又說：「我將正爺給我的積歪所有的資料輸入電腦後評估，其結果顯示，積歪會在昨天晚上派遣殭屍大軍去市中心搶銀行，而昨天又剛好是你在鍛鍊無敵風火輪而昏迷後再次甦醒的時間，所以我便叫了陳明良帶著球棒去醫院交給你；又預估你身上的傷勢應該無法一個人對付所有殭屍，於是又在兩個小時後，派蛾姐拿著另一支球棒去市中心幫你；一切，都在我的計算之中。」

鄧教授話說完，我心中對他佩服得五體投地，看來我真沒找錯拯救世界的幫手。

「以後，你就可以帶著球棒維護地球正義了。」正爺親切地笑著。

「那，這支球棒是我的了嗎？」我有點按捺不住心中的興奮。

「嗯！」鄧教授點頭。

「太好了，耶！」我真想用力抱住自己的球棒，只是擔心萬一抱太緊而啟動了針頭衝擊，我就會被自己的大便灌入身體裡。

「太好了，要給自己心愛的球棒取什麼名字呢？」我端詳著自己的新武器，武器裡頭盛裝的是我最驕傲的精華。

「不用，我已經幫你取好了。」鄧教授說。

「？」

「你仔細看，球棒上面寫了什麼字。」

於是我拿起球棒仔細翻轉，果真在水藍色的棒身上，讓我發現了用大便色漆上的一行字。

「大便棒棒棒！」

「大便棒棒棒！」我叫了出來，這算什麼名字，名字的後面還加了個驚嘆號耶！我再翻，發現在另一邊印的是紅色正字，為什麼我在醫院都沒發現？

「蛾姐，我的棒子能跟妳換嗎？」我看了蛾姐一眼。

「我這支也好不到哪裡去。」蛾姐苦笑著，走過來將她的球棒遞給我。

我仔細看了蛾姐的球棒，一樣也是水藍色棒身，也印有紅色正字，而我看到棒身上印的名字時，簡直快昏倒。

「我愛棒棒糖！」

一樣，名字後面也加了個驚嘆號，鄧教授您真是夠了！

「對了，陳明良人呢？」正爺問。

「喔他啊！我在醫院的時候用球棒K了一下他的頭，他就抱著頭在地上一直滾一直滾，可能還沒滾完吧！滾完他就回來了。」我說得理所當然。

「啊！」

「啊！」

「啊！」

蛾姐、正爺以及鄧教授幾乎同時叫了出來。

隔天，我去醫院找憨憨良時，醫生告訴我，他躺在手術房裡開刀，原因是頭顱內出現了類似人類排遺的不明液體，必須開刀把液體吸出來才行。

憨憨良跟我一樣，也足足在醫院躺了一個禮拜後才醒過來，醒來之後，他的舉手投足與說話都好像變得比以前更憨，真是好玩！

「你會拿球棒敲陳明良的頭，是我唯一的失算。」鄧教授懊悔地說。

《殭屍人力銀行》

第三章：正爺的復仇計畫

「正爺正爺！能不能冒昧請教您一個問題？」

「請說。」

「我會不會變強？」

「什麼意思？」

「就是，如果我依你的指示不斷修練，會不會變得很強？」

「當然。」

「所以……」

「所以，你要聽我的話，每個禮拜六都要跟我去爬山，然後再從山上滾下來，這樣子，你就會變得很強。」

「……」

「怎樣？」

「只要常常從山上滾下，就會變得很強？」

「沒錯！」

「會變強的話，那你為什麼不滾？」

「滾下去？哈！哈！當我白痴喔。那座山的海拔有兩千公尺耶！」

「……你的意思是說，我很白痴是吧？」

「你不一樣。」

「怎麼個不一樣？」

「你很會大便。」

「……」

「幹麻不說話？」

「我要去大便了，掰掰。」

※

在積歪入侵正爺公司後的兩天，我簽約正式加入了殭屍人力銀行。

一個禮拜後，殭屍人力銀行也以一億元的代價委託了鄧教授的大力協助，對於拯救世界這件大工程，從目前的情勢看來是充滿希望的。

在我簽了約之後，正爺就將殭屍人力銀行的員工手冊發給我，裡頭有許多公司的介紹，以及各種員工必須遵守的公司法規，在我鉅細靡遺將法規從頭看到尾後，發覺原來殭屍人力銀行是個制度完善的大公司。

法規裡詳細規定了員工法力的認證程序、員工的法力高低與才能適合擔當何種職位，與該職位的薪水高低。

法力不高的員工所能擔任的職位也不高，其工作地點通常分佈在地下一到六十層樓，他們所能管理的通常也是一些比較普通的殭屍。

六十一層以後的員工通常都是一些道行比較深的法師，具有能夠管理超人殭屍的能力。

而地下一百層的員工，各個都是精英中的精英，無論法力道行與才能才幹。

有些職位的名稱與工作內容就比較特殊，像是蛾姐，她的職位名稱是電梯守護者，雖然蛾姐法力不高，格鬥技卻一流，長得又很……嗯！

因此她被任命來守護通往殭屍人力銀行公司的入口：電梯；也擁有能夠在殭屍人力銀行內自由通行的權利，負責把守入口與抵禦外敵的工作。

一個長得像殭屍又很會打架的女人，誰敢惹？況且她還會用吸星大法，把屎灌入她看不順眼的人的嘴裡，這種女人萬萬惹不得。

說到我，正爺說我是萬中無一的練武奇才，擁有能夠將殭屍溶化的能力，於是他賦予我一個在殭屍人力銀行裡只有我才擁有的職位，「英雄」。

我的工作很簡單也很光榮，就是拯救世界，還有定期提供大便給公司製造對付殭屍的武器。

為了拯救世界，自己必須先變強，也必須懂得關於殭屍的一切。

在蛾姐細心地為我解說之後，對於殭屍這種不算是生物的物體，我也已經有了初步的認識。

蛾姐說過，通常殭屍有三種狀態，受命、待命以及暴走。

當人死亡後，如果含著怨恨死去而屍體又沒經過腐化，而長時間存放於陰涼的地方，其身體各組織器官，特別是神經系統如果還完整，原本該是裝載靈魂的身體會逐漸被怨氣所取代，夾帶著在世憤怒的片段記憶化為驅動身體的能量，再次甦醒，就是所謂的殭屍。

復活後的殭屍會做什麼，簡單地說，兩個字，破壞。

在殭屍能力所及內，將所有看得到的一切破壞光，生命及非生命體都是他們的目標。

而天底下有一群天生具有控制殭屍這種物體的能力的人，稱為殭屍操縱師。

像正爺，像積歪，像殭屍人力銀行裡的一些人員，像陳明良。

「什麼！憨憨良也是殭屍操縱師？」

躺在病床上，我訝異地看著躺在隔壁床的憨憨良。

三天前。在我鍛鍊完第二次的無敵風火輪而昏迷後，站在山下的蛾姐將我送進醫院中修養，今天是我再次甦醒的日子，昏迷天數比第一次鍛鍊時足足少了四天，進步得神速。

而今天碰巧也是憨憨良從昏迷中甦醒的日子，自從上次被我圧球棒敲了頭而送進手術房開刀後，他沉睡了一個禮拜。

我與他在今天都被轉送到一般病房，等會就能夠出院。

頭上綁著白色繃帶的憨憨良，他憨笑的模樣，比他之前的憨看起來更有神韻。

「是啊，他有能力可以操縱殭屍。」蛾姐低頭，將手上的薑片慢慢用刀削成絲。

「怎麼說？」我不解地看著蛾姐，又轉頭看看痴呆的憨憨良，心中不禁起疑。

「相信我，其實你也可以操縱殭屍。」蛾姐抬起頭，對著我微笑。

我又想大便了。

出了院，在回公司的路上。

蛾姐為我講解關於殭屍操縱師的內容，我洗耳恭聽。

　　憨憨良走在最後面，像七魂六魄早已出了竅的傻傻笑著，東倒西歪地跟在我屁股後面，搖搖晃晃地走著。

　　「想不到憨憨良也有這種本領。」我回頭，對他露出可敬的眼神。

　　「嘿嘿！是呀，大便。」他憨笑，嘴角不時滴落唾腺分泌物。

　　現在他多了一個口頭禪，就是在每次說完話的結尾，都習慣性地加入大便兩個字，真不知道哪裡學來的，也不知道他腦袋裡到底都在裝些什麼。

　　蛾姐說，每個人其實都擁有操縱殭屍的潛力。

　　要操縱殭屍的關鍵，就在於人身上的靈力。

　　靈力是靈魂所擁有的一種能量，其形式可以有很多種，光能、熱能、機械能、電位能，以及產生超距力來作工等，是一種非常奇妙的能量。

　　靈力最常見的應用，就是以電位能的形式來展現的，當人一出生，靈魂便入竅，擁有自我中心意識的靈魂會將靈力灌入大腦，產生一連串的神經電位變化，也就是神經衝動；有學過生物學的人都知道，身體的神經訊號是以此原理來傳遞的，當這些神經電位訊號傳至特定部位，便會驅動該部位產生一連串的行為。

　　握手、腸胃蠕動、呼吸等等……

　　這就是利用靈力驅動身體的一個基礎，是每個人與動物都擁有的最基本靈力，也是最不消耗靈力的。

　　普天大眾，所能使用自己的靈力有限，一般正常人都只能運用靈力來操縱自己的身體，只有殭屍操縱師，能夠善用自己靈力來操縱那些屍體。

　　天生的靈力強弱，與後天操控靈力的技巧，決定了法力的高低。

　　利用靈力操控怨氣，就是控制殭屍的基本原理。

　　憨憨良因為之前受過一些操縱殭屍的能力，加上他擁有一點點正爺苗族人的血緣，靈力也比普通人多一點點，所以他可以操控一些殭屍。

　　話雖如此，我嚴重懷疑，以他現在這樣的狀態，是否能夠完全操控一隻以怨氣為能量的殭屍呢？

　　因為，接下來正爺托付給我與憨憨良的任務，就是必須操控一隻殭屍，去為正爺的客戶服務。

「你確定？」我斜眼看著正爺，又斜眼看看在一旁憨到昏睡的憨憨良。

回公司，正爺將一個重要的 case 交給我，要我負責，也順便是給我這新進公司的員工衝業績的機會。

「別小看他，他可是受過專業訓練的。」正爺說得很有自信。

「我真的很懷疑。」我轉身給憨憨良來個迴旋踢，他被踹倒後，馬上驚醒。

「我剛剛夢到大便對我使用迴旋踢耶，呵！呵！大便。」他笑了出來，口水立即溢出嘴角。

我對這次任務的前景充滿焦慮，憨憨良竟然是我這次任務的輔導員。

忘了介紹憨憨良，他也是殭屍人力銀行裡的重要職員之一。

他的職位名稱為「投籃機比賽裁判」，職位的內容我就懶得解釋了，他自從上次拿下了投籃機比賽兩百連勝後就獲得了這職位，也獲得能夠在地下第一百層樓工作的榮譽權力。

正爺說過，只有精英中的精英才擁有能夠在地下一百層樓工作的權力。

他也說，憨憨良的投籃機分數無人能敵。

我就不信，他現在憨成這樣，投籃機還會丟得很厲害，下次有機會，我一定要跟他比試比試。

他雖然丟投籃機很厲害，不過，這次的任務應該不是去比賽丟投籃機吧，一定是操控殭屍來服務客戶，諸如此類的事務。

輔導員所做的工作，簡單地說，就是輔導像我這樣一個菜鳥早日入工作的狀況。沒有憨憨良，我想我應該能夠更早進入狀況。

看著繼續酣睡過去的憨憨良，我嘆了一口氣，轉頭問正爺：「對了，正爺，你能不能跟我說一下這次任務的細節啊？」

「嗯！你跟憨憨良跟我來，有東西要給你們看。」

於是我扛起無意識的憨憨良，尾隨正爺，我們走出了正爺的專屬辦公室，並走下樓梯，穿越了百人大辦公室區，到了電梯門口，喊完咒語後，電梯門打開。

「要去殭屍庫？」我。

「嗯！」正爺。

「大便大便，哈！哈！」睡夢中的憨憨良。

「要去第幾樓？」蛾姐。

「地下第二十一層樓，清潔事務殭屍庫。」

「OK，杏仁豬肝加起司。」

在蛾姐唸完咒語後，電梯微微震動，並開始向上層移動。

忘了告訴大家，在殭屍人力銀行裡搭電梯，要通往每一層樓的咒語皆不相同，且必須要由蛾姐來念，這一切都是公司裡的法規，目的是防止被外人闖入。

殭屍人力銀行從地下第一層樓算起，總共有一百層，也就是說，總共有一百種通往各層樓的專用咒語，這些咒語也只有蛾姐一人記得全部。

電梯門打開。

「謝謝美麗迷人又大方的蛾姐。」我漸漸覺得我說的話越來越無恥了。

眼前漆黑，聽見正爺穩健的腳步回聲移向一旁約三公尺的地方。

啪吖！打開開關，天花板的日光燈從近至遠依序點明，霎時殭屍庫光亮無比。

「哇！」我叫了出來，眼前的景色壯觀無比。

算算大約有一百以上的銀色棺木，均勻放置在一百坪大的空間裡。

「這裡的殭屍，專門從事清潔事務，並且每個殭屍皆擁有特殊的清潔能力。」正爺說，走向前去。

「特殊的清潔能力，像什麼？」我揹著憨憨良，趕緊跟了上去。

「大便！大便！」憨憨良忽然在我背上亂叫，對我拳打腳踢，嚇一跳的我立即將他摔落地面，他緩緩坐起，用呆智的眼神緩慢環顧四周，又笑了起來。

「像這次這位客戶所訂的殭屍，他的能力就非常的了不得。」說完，正爺將一張單子遞給我看，仔細一看，原來是客戶與該客戶所訂之殭屍的資料。

「彭……張……燦……這是殭屍的名字嗎？」我邊看邊走著，憨憨良活像個喪屍，在後頭無重心地走著。

「那是殭屍的生前姓名啦！通常在殭屍死後，我們習慣性會給殭屍取新的名字，象徵著他在殭屍界的重生。」正爺話說完，我們停在一個棺材前。

「喔！所以這之殭屍現在的名字是……」我仔細將殭屍資料繼續往下閱讀。

「芝麻可樂花生醬！」正爺唸下咒語，棺材嗶嗶兩聲後綻放紅光，電腦自動化機關轉動著齒輪，讓棺材蓋緩緩推開，露出了一個讓我驚訝不已的臉孔。

我繼續讀殭屍資料：「他現在的名字叫作大……鼻……孔……？」

我不可置信地瞧著那殭屍突兀的特徵，那大到足以把我整顆頭塞入的，鼻孔。

「這殭屍，交給你們了。」正爺轉身將一個手掌大，類似遙控汽車操控器的物品交給我，「我想，殭屍手冊上應該都教得很清楚才對，我也懶得再講解了。」

「我說正爺啊。」我舉手。

「嗯？」他皺眉。

「我只有看過手冊上如何操縱殭屍，可是你連教都沒教過，就要我實際操作，總感覺怕怕的。」我承認自己很菜鳥。

「所以。」他拍了我的背，又指了指憨憨良。「我才會請陳明良來擔任你的輔導員啊！」

我就是最擔心這一點。

操控殭屍，在現今科學如此發達的年代裡有了更方便的操控方法，不像古代的殭屍操縱師須在道壇前施行誇張的儀式；現在正爺發明了一種晶片，直接植入殭屍的大腦裡，透過一種能吸收操控者靈力，轉換為操控能量的遙控器，就算是在初學者階段的殭屍操縱師也能輕易操縱。

像我。

像我？

老實說，我有點懷疑自己的能力。

只有看過介紹關於殭屍書籍的我，是否稱得上是初學者，我也懶得去想，至少這不是這次任務中最糟糕的事情。

憨憨良是我這次任務的輔導員，哀！

我真的懶得去想了，一切聽天由命吧！

看著名字叫作大鼻孔的殭屍，他的大鼻孔，心裡竟然有一股恐懼油然而生。

萬一操控不好殭屍怎麼辦？應該會死得很難看吧？

一想到這裡，我的額頭就開始冒汗。

「你一定會擔心，萬一殭屍暴走了，怎麼辦。」正爺說完，將一個上面印有紅色正字的藍色錦囊從口袋裡取出，交在我手上。「萬一當場面完全失控時，你可以打開這錦囊。」原來正爺不是沒有防護措施的，好一個錦囊妙計！

將所有任務交代清楚後，正爺奸笑著轉身離去。

等等！我剛剛是不是看到正爺在奸笑？

他幹嘛奸笑？

真正的恐懼感，現在才開始發作。

「憨憨良，剛剛正爺是不是在奸笑啊？」我焦急地問著。

「阿知，大便，呵呵！」他傻笑。

正爺，總是給人萬念俱灰的煎熬感。

也許，這也是正爺為了讓我成為真正英雄所必經的訓練吧！

※

這次任務的內容是，利用大鼻孔殭屍的特殊能力，到一家自助餐廳做清潔的工作。

大鼻孔的能力，就是利用強而有力的大鼻孔當作吸塵器，把餐廳吸到一塵不染，感覺上還算是蠻簡單的任務。

　　根據客戶資料，得知這家餐廳位於一家百貨公司的頂樓，店名叫作桑桑自助餐。老闆是個胖胖的女生，叫作森桑桑，奇特的名字。

　　她的興趣是煮菜，特殊嗜好是在所有客人正在盡情享用餐點時，在地上表演掃堂腿給大家看，什麼東西？

　　註：桑(ㄙㄥ)

　　她曾有五次使用殭屍人力銀行所提供的服務，上次的服務還有三十元的費用未繳清。

　　我想，三十元是小錢，應該不用計較才對。

　　殭屍人力銀行的服務時間通常為晚上或深夜，一來可以為了避免陽光照射而麻煩地穿上太空衣，二來，我想，公司也沒有要在大白天嚇人的用意。

　　我手拿遙控器，有點生硬地操縱著大鼻孔尾隨在後，我與憨憨良就要準備出任務了。

　　本來想說，憨憨良在我拿起遙控器之前會給我做一些建議的，結果他只是傻笑。

　　我真的很擔心，萬一殭屍暴走了怎麼辦，大鼻孔是殭屍人力銀行的財產，我絕對不能用屎噴他。

　　公司的法規裡有一條，是關於毀損殭屍人力銀行財產的法規。

　　「毀損殭屍人力銀行財產，必須先賠償一千萬，然後再被蛾姐用吸星大法將屎灌入嘴巴一百次。」

　　這一項法規是最近這一個禮拜才加上去，總覺得這法規是特別為我量身訂做的。到頭來還是得靠自己，哀！

　　好久沒逛百貨公司的我跟憨憨良，一到百貨公司便有點耐不住性子想到處亂逛，無論如何，還是得克制住自己的慾望，這也是做為英雄的修行之一。

　　我是克制住了，但是憨憨良卻……

　　「咻～咻～咻～」他雙手張開，跑來跑去。

　　我愣在原地，不知所措，望著他嘆氣。

　　到底誰是輔導員啊！

在我威脅他再亂跑就用大便塞爆他的嘴後，總算安分點了，可是在我們乘手扶梯上了幾層樓後，他又開始亂跑。

「哇！玩具耶，大便。」他盯著玩具區裡驚恐萬分的小孩子手上的變形金剛，流著口水，有種要把所有小孩都吃掉的感覺。

「走了啦！」我把他舉起來，扛在肩上，跟家長道歉後，逃離現場，繼續往上一層樓攻頂。

好不容易安分了幾層樓，到了第十層的家庭用品區後，他又發作了，於是我追著他，跑著逛著百貨公司，奇怪，這也算是正爺給我的修行嗎？

「你看你看，金黃色的生理食鹽水耶！」他忽然停在一排架子前，瞪大眼，直瞧著架子上一瓶瓶裝載著金黃色液體的容器，我險些撞到他。

「拿這種生理食鹽水來洗隱形眼鏡還有沖眼睛，感覺好高級唷！大便！」他看著我，興奮地跳了起來，拿起他所說的金黃色生理食鹽水，拉起瓶蓋，準備往自己的眼睛倒。

「別鬧了！那個是洗碗精！」

歷經幾翻波折與折騰後，我們，不！應該是說我，終於辛苦地到達了出任務的目的地，位於百貨公司頂樓的桑桑自助餐館。

「呼！」一路風雨飄搖後，我站在樓頂，擦去汗水，大喘一口爽快，而被我硬脫上來的憨憨良，此時此刻正睡得香甜。

還好我聰明，臨時想到用屁把憨憨良震暈，否則這一路肯定沒完沒了。

進入了餐廳，我對著在門口中央表著演掃堂腿的老闆娘打招呼。

「上次的大鼻孔呢？」身材微胖的她喘著說。

硬拖著憨憨良上來，我竟然忘了最重要的殭屍。

「在⋯⋯在一樓當模特兒啦！等等就跳上來了。」我的嘴角抽動著。

「大便！大便！」憨憨良從睡夢中驚醒過來，看來屁麻醉藥已經失效，於是我趕緊坐在他臉上，再給予一記深情的人工呼吸，這才安心下樓。

到了一樓，我按下遙控器的按鈕，命令位於流行服飾館的壽衣展示區偽裝成模特兒的大鼻孔跳過來，搭乘了電梯，直達頂樓。

　　話說，百貨公司裡的電梯小姐比起蛾姐，猶如美食遇上經過消化後排出的美食。

　　回到燊燊自助餐館，在跟老闆娘做完客套的道歉之後，終於開始了我的工作。

　　老闆娘對於清潔工作一向懶惰，常委託殭屍人力銀行公司代為清潔，她都每個禮拜叫一次殭屍來打掃。

　　她說她這輩子除了煮飯和表演掃堂腿，就沒其他嗜好，真是有趣！

　　「就定位！」我忐忑不安拿著遙控器，終於到了關鍵時刻，希望這時不要出包才好。

　　遙控器上的控制鈕，可分為兩個區域，第一個區域的按鈕是基本命令，可發出令殭屍前進後退跳上跳下的命令；第二個則是初學者比較難掌控的進階命令，進階命令會因為所操控的殭屍不同而有所相異。

　　例如操控大鼻孔的進階命令，就分為「鼻孔張開」、「用力吸」以及「挖鼻屎」三個。

　　因為關於介紹殭屍的書籍中只有提到如何使用基本命令，進階命令一個字也沒提，我想，關於進階命令的教導可能就是專業的輔導員要來教我的部份，而現在那個專業的輔導員的狀況好像不太適合教導我，於是我只能發揮自己的想像力來操控大鼻孔。

　　我先命令大鼻孔跳到要打掃的區域，之後按下「鼻孔張開」，於是他的兩個鼻孔瞬間擴張到直徑五十公分左右，真是嚇人，看來是做好了吸取髒東西的準備了。

　　之後按下了「用力吸」的按鈕，我可以感覺到，大鼻孔的鼻孔週遭空氣正緩緩流動，越來越激烈，地上灰塵與紙屑被掃起，捲進鼻孔中，最後氣流伴隨著悅耳的屁聲，不斷地從大鼻孔的屁股鑽出，那吸塵與過濾的原理簡直與吸塵器相同，真叫人嘆為觀止，這傢伙在生前肯定有練過地瓜氣功。

　　我操作著基本命令，盡量將他的鼻孔貼近地上以提高清潔效率，也可防止他吸到一些不該吸的東西，譬如說客人的假髮。

　　眼看著氣流越來越小，研判是鼻孔已經吸飽了，我停止了用力吸的命令，按下了「挖鼻孔」指令，只見大鼻孔伸出了左手的小拇指，然後小拇指忽然間像是充血般腫得跟球棒一樣大，他面無表情地將小拇指伸進鼻孔裡摳著摳著，就各把兩顆大小也是非常可觀的鼻屎球摳出來了。

「哇！真帥耶！」我真為自己感到驕傲，於是我給自己一次愛的鼓勵，不停拍手。

拍拍！拍拍拍！拍拍拍拍！拍拍！

嗶！嗶！嗶！

遙控器忽然發出嗶嗶的怪聲，忽然忘記我是拿著遙控器在拍手的，不知道在拍手時又按到哪些不該按的按鈕，我看了大鼻孔一眼，除了眼睛不停閃著紅光外，並沒有出現什麼異常。

「咦？」我翻到遙控器的背面，看見有一顆按鈕不停地閃著紅光。

「怎麼會有這顆按鈕，我都不知道？」我在心裡訝異著，忽然驚見那按鈕旁寫著兩個字，伴隨著紅光忽隱忽現。

「暴……走……」我緩慢地將那兩個字唸出來，心中已經涼了一半。

還記得殭屍手冊中介紹過殭屍的暴走，關於殭屍的暴走就是……我已經不敢再去想了。

大鼻孔眼中的紅光開始在閃，憨憨良依然在酣睡，客人們依然在大啖著美食，老闆娘依然在表演著掃堂腿，沒人發現一場世紀災難就要降臨這裡。

我裝作若無其事，緩緩走向熟睡的憨憨良旁邊，從餐桌上抓一把芥茉醬塞到他口中，他像是被醫生電擊心臟而起死回生，抓著喉嚨不停咳嗽，流下感激的淚水。

「咳！咳！發生什麼事了？」他瞪大眼看著我，嘴角顫抖著並流出黏稠的綠色液體，整個人清醒過來。

咦？他那「大便大便」的口頭禪不見了，似乎是大把芥茉讓他從大便的長夢中甦醒過來。

「你知不知道，殭屍暴走要怎麼收拾啊？」我緊抓著他的衣服，希望他能為這十萬火急的情勢帶來一點效用。

「咳！咳！你不是屎神嗎？用大便把殭屍溶化不就好了？」他說得

理所當然，看來有醒跟沒醒，對這情勢都一樣沒任何幫助。

「不對！你看清楚，我們公司的殭屍要暴走了。」我指著眼睛的紅光越閃越快的大鼻孔。「把公司的殭屍溶化要賠錢，還要被蛾姐用吸星大法將屎灌入嘴巴一百次耶！」

「哇！」憨憨良大叫，肯定大事不妙。

所有客人也驚見異狀，分別轉頭過來，老闆娘也停止表演掃堂腿，現場瞬時鴉雀無聲，就像暴風雨前的寧靜。

至於我呢？我想大便。

「我最愛吃的納豆羹飯耶！」

他並沒有順著我的手勢看到大鼻孔快要發飆的模樣，而是轉身盯著餐桌上的納豆羹飯，流著綠色的口水。

英雄總能在最艱難的時刻一拳擊破所有困境，我卻總在最艱難的時刻只想大便。

在過度緊張之餘，臉上似乎被一陣輕風拂過，那感覺形同浮在半空輕輕飛翔著，讓人完全放鬆，我不自覺地閉上雙眼來享受這種舒適感。

不對！餐廳裡面怎麼會有風？

我張開眼，看見大鼻孔正用鼻孔對著我噴氣，眼睛散發著炫目的紅光。

之後，我感覺空氣開始被倒抽回去，就跟蛾姐在施行吸星大法一樣，無論我怎麼試著遙控它都已經沒用了。

然後又是一陣風，再被抽回去，那空氣流動越來越激烈，看著大鼻孔，他眼睛綻放著紅光，似乎是在憤怒著，就如同鬥牛場裡的牛看見鬥牛士手上的紅布時的模樣。

此時，我的腦海忽然劃過正爺在對我交代完所有事情時，轉頭過去露出奸笑的那一幕，難道這與大鼻孔的暴走有一定的關聯性？

沒有時間給我思索太多，因為那風已經強大到我無法站住腳了。

「怎麼回事啊？」

「老闆，你們餐廳裡的電風扇會不會開太強了啊？」

「該死！我的假髮被那該死的鼻孔妖怪吸進去了！」

「不會吧？怎會有個大鼻孔妖怪出現在餐廳裡？」

在餐廳用餐的客人也紛紛覺得情勢不對而開始抱怨了。

「各位客人，不要緊張，那不是妖怪，是本公司專門用來打掃餐廳的殭屍。」我急忙做解釋，試著安撫客人們焦躁不安的情緒。

「什麼？有殭屍？救命啊！」客人大叫，餐廳裡一陣慌亂，客人們開始四處流竄。

難道你們都當之前在幫餐廳做打掃的是免插電的人型吸塵器嗎？

完了！第一次出任務就出得如此精采，想必我的未來必定不可限量。

此時的情況已不是我能控制的，餐廳裡廚具紛飛，菜刀在空中發出劍擊揮舞般的撞擊聲，場面為之壯觀。

客人紛紛向餐廳的門口奔去，此時風的級數研判已經達到十級。

我匍伏在地上，以免讓風將我捲入空中，被菜刀切成肉絲。

「現在怎麼辦啊？」我回頭問憨憨良，他沒回我，他正趴在地上享受著美味的納豆羹飯。

算了！反正我從一開始就沒指望過他能給我什麼幫助。

此時的風已經大到可以把人吹起來的程度，還好餐廳的客人都已經先逃走了，只剩我、憨憨良、以及站在門口表情憤怒的老闆。

咦？老闆在風勢如此狂妄的情況之下還能不動如山，想必她的下盤必定很穩。

「老闆，妳沒事吧？」我故作關心，其實心裡為大鼻孔的暴走而搞得她的餐廳一塌糊塗而感到愧疚。

老闆沒有理我，她只是露出極為憤怒的眼神，雙拳緊握，紮著馬步，對著大鼻孔大喊：「我這輩子最恨的就是當我在表演掃堂腿時別人在我旁邊搶鏡頭了，你去死吧！喝阿！」

她說完，一股作氣向前衝，原來她在意的不是餐廳被搗亂，而是被搶鏡頭。

她跳起，此時的大鼻孔正位於吸氣的階段，她順著這股風飄起腳，騰空將自己送往大鼻孔那邊，看樣子老闆真有武功底子。

老闆從我後方越過，直奔大鼻孔，雙腳正對著他，眼看就要踢到了。

風恰巧停止，老闆尷尬地落地，跑了幾步，不知所措地站在大鼻孔面前。

想必她心中一定浮現出兩個字，「完了」。

我將身體壓低，一陣強烈氣流再度爆發，老闆從大鼻孔面前被吹了起來，再次從我頭上飛過；我轉頭，眼睜睜地看著她飛向牆，碰的一聲撞上去，然後往下滑，牆上出現兩條鼻血印。

老闆就這樣靜靜地趴在牆上面壁思過，看來是陣亡了，我收回她武功底子很好這句話。

現在就只剩下我跟憨憨良了，但是嚴格來講，能對付大鼻孔的只剩我一個人。

「要對付殭屍，又不能將他溶化，這時候，好像就只能用符令來鎮住他了。」背後傳來憨憨良的聲音，我回頭，看見他正拿著一張黃色的符令，用紅色簽字筆在地上寫著，他已經把噁心的納豆羹飯吃完了。

「符令？你怎會有這種東西？」

「正爺要我帶在身上，以便不時之需。」憨憨良繼續寫著。

看來這殭屍會暴走，一定跟正爺脫離不了關係，正爺到底有什麼陰謀？回公司後，我一定要向他問清楚。

「你會寫符令？」我好奇看著他。

「好歹我也是正爺的親戚耶！」他寫完，將符令拿給我。「拿去貼在大鼻孔頭上，就能暫時鎮住他。」

「你也不是完全沒用嘛！」我得意地說著，將符令拿了過來，此時的大鼻孔又開始吸氣了。

根據之前的經驗，大鼻孔吸氣的時間約莫八秒，估計從我這裡飛到大鼻孔面前只需五秒，所以我要在他吸氣第三秒的時候站起來，順著風勢飛過去，到他面前，剛好停止吸氣時，我就能落地，站在他眼前，輕鬆地將符令貼在他額頭上。

衝吧！英雄。

我跳起來，風將我往前送，手上緊握著那張符令，身體張成大字型，以一種豪邁的姿態奔向大鼻孔，果然跟我估計的一樣，飛到他面前時，風停止了。

我落地，走了幾步，停在大鼻孔前方，伸手剛好可及他額頭的距離，他暴走狀態時，眼睛的紅光以及憤怒的模樣的確令人想怯步幾分，但我可是英雄，說什麼也要挺直胸膛。

「乖乖睡吧！」我毫不猶豫將符令貼在他頭上。

「哈哈哈！簡單。」我對著大鼻孔比出勝利的手勢。

在比出手勢的一瞬間，我的心又涼掉了。

因為我看到了符令上寫的字，不是鬼畫符，而是我看得懂的中文，而且那中文還是用寫海報時專用的 POP 字體寫成的。

一看到那符令的內容，我就開始後悔當初相信憨憨良會寫符令這件事。

「蛋包飯五十元！」我叫了出來，連正常人都知道，這種東西都不可能拿來當符令的，我竟然會相信，真是笨到不行。

我看著大鼻孔，心裡浮現出跟我模擬老闆當時心情一樣的那句話。

「完了。」

就像一顆手榴彈在我面前爆炸一樣，我被大鼻孔從他的大鼻孔噴出的氣流震開，那感覺就像瞬間被一台時速一百公里的貨車給撞飛，震得我五臟六腑有種碎裂的錯覺。

不過，這對從小就因為屎爆而跌跌撞撞，外加練過無敵風火輪的我，根本沒什麼，一被震離的我，隨即就恢復意識並在空中穩住身子，我翻了筋斗，然後落地，在地上滑了幾公尺後，正好滑回憨憨良前面。

「你寫那什麼鬼符令根本沒用！」我臭罵，用手擦去因為內傷而流出的鼻血。

「啊！我寫錯了！」憨憨良大叫，趕緊又拿了另一張符出來寫。

「廢話！」我這一氣，鼻血簡直用噴的。

「應該是蛋包飯四十元才對。」他邊說邊用簽字筆寫著。

什麼！還打八折？

「夠了！我不會再相信你的，什麼正爺的親戚，我看你還是去跟腦殘星人當遠親，還比較實際一點。」

「快啦，我寫的這張一定有用的，快去貼在他頭上啦！快啦！」他寫完後，興奮地拿給我，就像小學一年級的學生拿自己畫的抽象畫給老師打分數一樣興奮。

「用這種東西貼在他頭上能做什麼？要他站在門口，幫老闆推銷蛋包飯嗎？」一講完，後方再度出現風壓，我轉頭，看見一個平底鍋快速朝我飛過來，下意識，我身體壓低，輕鬆閃過。

砰！

我爬起，回頭看那平底鍋不偏不倚擊中憨憨良的臉部，他憨憨地流著鼻血，然後倒下，手上還緊握著那張可笑的符令。

英雄啊英雄，又到了絕境了，這次我到底該如何突破這看似是正爺的陰謀下的難關呢？

第一，二話不說，直接用屎噴大鼻孔，然後回公司被蛾姐用大便洗胃。

第二，想辦法跟大鼻孔周旋，然後跟他玩大風吹，吹什麼，吹最會大便的人的遊戲。

第三，拿符令鎮住大鼻孔，假如這張寫著蛋包飯四十元的符令能奏效的話。

看來，只有第三個方法能突破這困境的機率比較大。

孤注一擲吧！

我試著抓起憨憨良手上那張符令，他卻緊握得跟中獎的樂透彩卷一樣，死都不放手。

「沒辦法了。」我拿起剛才擊中他的平底鍋，就要從他手掌打下去。

「三……秒……」忽然間，他像是有了點意識，含糊地說著。

「什麼三秒？」我看著他，高舉著平底鍋。

「三……秒……」他憨笑著緩慢地重覆著剛剛的話，然後再度昏厥，手上緊握的符令也鬆開。

「不管了。」大鼻孔進入了吸氣的狀態，我跳起，再次飛到大鼻孔面前。

我扯下之前那張完全沒用的符令，換上了寫著打了八折的蛋包飯的符令。

奏效了，我看到大鼻孔忽然間所有動作都靜止了，眼睛的紅光也瞬間消失。

「成功了！」我站在大鼻孔面前舉手歡呼，原來憨憨良真的沒有騙我。

只不過，才剛爽完沒多久，我就發現事情不太對勁。

大鼻孔眼睛中的紅光又再度閃耀，顯示著他又即將暴走。

我忽然明白為什麼憨憨良要不斷唸著三秒三秒的，因為那符令的效用，就只有三秒！

「怎麼辦？」站在大鼻面前，我急到鼻血再度噴出，他眼中的紅光閃爍的頻率越來越高，眼看這符咒就要解除了。

對了！錦囊妙計。

我趕緊從口袋裡掏出了正爺給我的小錦囊，拆開線，將裡頭的東西取出。

裡頭是兩罐類似灌腸劑的物品，有著錐狀針頭並裝著透明的藥劑，藥劑瓶身上打著一行標籤，我將頭湊近看，並唸出那標籤的內容。

「欣歡縮得妙？這啥？」我好奇地看著這兩罐像是藥劑的東西，不知道該如何使用。

吼！

大鼻孔的行動能力像是恢復了，沒有時間給我思索太多，我轉開這兩灌藥劑的瓶蓋，用力擠壓，分別將藥劑射進大鼻孔的兩個大鼻孔裡。

嗚啊！

大鼻孔發出痛苦的低吼聲，面目猙獰，用雙手抱住自己的鼻孔。

咦？他的鼻孔在縮小耶！

這藥可真有用！

伴隨著白煙，鼻孔越縮越小，到最後竟然縮到跟正常人一般大小，最後整個鼻孔縮了起來。

現在的他失去了最重要的武器，只能在原地乾瞪眼。

「看什麼看，沒鼻孔的。」我指著他笑，心中有說不出的爽快。

這比用什麼蛋包飯的鬼符令鎮住他更有效率，我終於將場面控制住了。

只不過，當我回想到正爺奸笑轉身離開的那一幕，又絕得整件殭屍暴走的事情絕對不只是普通的意外，這其中一定又有什麼陰謀在裡頭。

正爺將錦囊交給我，是不是意味著我必須將場面控制住，而不讓災情繼續擴大？

控制只讓災難發生在桑桑自助餐館？

還是這也是成為英雄的修行？

「哈！哈！哈！幹得好！」背後，從門口處傳來了爽朗的笑聲，再熟悉不過的笑聲。

正爺走了進來，旁邊跟了蛾姐以及鄧教授，難道他們也有參與這項陰謀？

我訝異地說不出話，鄧教授依然仔細地盯著自己的筆電猛瞧，蛾姐則是無奈地對我笑了兩下，害我又想大便。

正爺沒理我，他走向了趴在地上的老闆娘身邊，用手拍一拍她的臉。

老闆娘如大夢初醒，恍神地看著正爺，不知所云。

「妳知道我這輩子最恨的是什麼嗎？」正爺笑著說，詭異地笑著。

「什麼？」老闆娘一臉茫然。

如果我猜的沒錯，正爺跟老闆娘之間必定有什麼深仇大恨，所以派我以及殭屍到她餐廳搗亂，將她搞得水深火熱。

「還我。」正爺對著老闆娘伸出手，難道她搶了正爺什麼珍貴的寶物嗎？

「還你什麼？」老闆娘還是一臉茫然，殊不知是真的無知，還是故意裝作不知道。

「上次我們公司來妳這裡服務，妳卻有三十元忘記繳清，妳欠我三十元，忘了？」

正爺用陰沉的眼神望向老闆娘，瞪得老闆娘呼吸急促。

　　什麼！不會是因為只欠正爺三十元，就叫我到她餐廳，把餐廳搞得一團亂吧？

　　「這可不是好事，我這輩子最恨的就是別人欠我錢不還，然後還故意裝作忘掉。」正爺的嘴角上揚，卻露出詭異的陰影。

　　老闆娘馬上將三十元從口袋掏出，交到正爺手上。「好好好！還你就是。」

　　「很好，如果下次再不交，我可不敢保證妳與妳家人的生命安全。」說完，正爺慢慢站起，看著我，並對我露出滿意的笑容，就好像是我去幫他討債，並將可憐的債主打個半死，然後連本帶利討回來一樣。

　　唉！原來是欠錢，正爺真是個恐怖的人物，討債公司跟地下錢莊都沒你殘忍了。

※

　　「這個復仇計畫，我跟鄧教授已經計畫了很久。」

　　「什麼？復仇老闆娘欠錢不還的計畫，鄧教授也有參與？」

　　「鄧教授是個優秀的參謀。」

　　「那蛾姐呢？她有參與嗎？」

　　「有，她負責跟蹤你們，並監視你們的行動，將最新情報傳給在百貨公司地下一樓喝咖啡的我與鄧教授，以便做即時應變。」

　　原來，大鼻孔的暴走根本就是一場經過深思熟慮的復仇計畫，目的是為了報上次老闆娘沒有把錢繳清的仇。

　　回到了正爺的辦公室，他露出了他那和藹可親的一面，喝著薑茶，好像什麼事情都沒發生過一樣。

　　「我想知道所有計畫過程。」我舉手發問。

　　此時，坐在一旁專心看著筆電的鄧教授抬頭了。「我來說給你聽。當得知正爺要施行這計畫後，我先到餐廳做實地勘察，將資料輸入電腦，並分析出最佳的復仇計畫。首先是要設定大鼻孔的暴走機制，依你的習慣，我知道當你完成一件很滿意的事情時，會給自己掌聲鼓勵，所以我就將暴走啟動鈕安裝在遙控器背面，你拍手時就一定會拍到。此外我安排了陳明良做輔導員，他當初被大便入侵腦細胞的後遺症還沒痊癒，一定會瘋瘋癲癲，到處亂跑亂鬧，這樣一來，為了讓他安分一點，你就會把注意力放在陳明良身上，而不會去注意到遙控器背後的暴走啟動鈕。再來是餐廳的部份，我發現那間餐廳有個很好喝而且每天都會讓客人免費舀取的湯，叫作葡萄豬肝湯，而老闆娘都會在每個餐桌上都放置喝葡萄豬肝湯所加的芥茉醬。剛開始進百貨公司時，想讓陳明良安分點的你一定會先用屁將明良震暈，當大鼻孔暴走時不知所措的你，第一個一定會將輔導員給弄醒，於是芥茉醬就成了你弄醒陳明良的最佳工具，而我上網研究最新的醫學報告得知，要將受到大便入侵腦細胞的後遺症給治療好，首先就是要先用屁震暈，然後再用大把芥茉將病人嗆醒，這樣一來，陳明良就能夠被治癒，也能在關鍵時刻給了你一張能夠暫時鎮住大鼻孔的符令，讓你有時間將錦囊裡的欣歡縮得妙取出，將大鼻孔鎮住，而讓殭屍暴走的災情控制在餐廳裡。我說完了，有問題嗎？」

　　這計畫，還設計得跟電腦程式一樣精密啊！

　　鄧教授，你真是神，至於正爺，你，真他媽的！

　　「對了，那隻黑黑的殭屍是誰啊？」我指著站在一旁，膚色微深，看起來像是東南亞人種的殭屍。

　　「你未來的殭屍夥伴。」正爺笑著說。

　　「夥伴？你是指，未來我將會作為這隻殭屍的殭屍操縱師？」

　　「是的。」

　　「哇！好高興喔！」我整個人跳了起來，跑到那殭屍面前歡呼。

　　「這可是從泰國那邊進口的殭屍，有了殭屍，你在未來跟積歪的超人殭屍作戰時就會輕鬆許多。」正爺。

　　「是喔！那，這隻殭屍叫什麼名字啊？」我將頭湊近那低頭沉默的殭屍面前。

　　「這隻殭屍在生前有個名字，叫作張祇國，現在他死了，你可以叫他小黑。」

《殭屍人力銀行》

第四章：再來吧，小黑

「正爺正爺！能不能冒昧請教您一個問題？」

「請說。」

「認識你那麼久，還不知道你真正的名字，能不能問一下你的真實姓名？」

「段歪歪。」

「……」

「怎麼？」

「好奇怪的名字，而且名字裡頭為什麼連一個正字也沒有，你還要叫正爺？」

「蛾姐也長得很不女人啊，我們還不都尊稱她為蛾姐。」

「喔！好吧！那蛾姐的本名叫什麼啊？」

「陸羽晴。」

「天啊！她的名字好美啊！怎麼可以美成這個樣子？這跟她的外表完全搭不起來啊！這名字簡直可以媲美愛情小說裡的女主角了嘛！太不合理了。」

「所以我叫正爺，是非常合理的。」

「喔！好吧！那順便請問一下積歪的真正名字是什麼？」

「積歪，就積歪啊！他的名字叫積歪。」

「是喔！那他姓什麼？」

「姓草。」

※

很高興的，我終於獲得了正爺的賞識，我成了殭屍操縱師，也擁有了一個殭屍夥伴。

　　或許是正爺看到我用心的修練，也或許是看到我那一坨坨拉不完的大便。

　　我那個夥伴，生前的名字叫作張祉國，現在他死了，大家都叫他小黑。

　　目前我尚且無法擁有操縱小黑的能力，不是因為我還不夠強大，是因為要操縱殭屍，最需要的是和殭屍的默契。

　　所以，正爺這個禮拜交給我的修練任務就是，把我跟小黑關在同一間房間裡七天，來培養感情。

　　陪一個死人度過七天，怎麼感覺像是在守靈？

　　不管了，總之，為了要成為英雄，什麼樣的修練都得接受，搞不好小黑在未來的時候將會成為我作戰時的最佳武器，甚至可以輕鬆擊倒所有超人殭屍。

　　只是若操控不好，萬一暴走，那不就玩完了？

　　而可惡的正爺竟然完全不教我如何操縱殭屍，只將一個貼有正字標記的藍色錦囊和一本故事書丟給我之後，面帶詭異的笑容對我說：「嘿嘿，好好跟小黑相處唷，我先去玩投籃機了，如果七天之後你還能夠活著走出這房間的話，嘿嘿……」

　　「那你就會教我如何操縱殭屍了嗎？」當下我欣喜若狂，心情既期待又怕受傷害。

　　「那我就教你如何玩投籃機。」說完，門關上，鎖門的聲音硬生生地阻斷了我與外界的連絡。

　　接下來，我的心情就只剩下怕受傷害了。

　　房間裡，七天份的食物和水、一個裝大便的馬桶、一袋錦囊、一個故事書，和一具躺在床上一動也不動，穿著藍色殭屍服，中間還印有紅色正字的黑色屍體，全身除了黑，無話可說，還東南亞進口的，人生中沒有任何一刻過得比現在更歡樂的了。

　　他的眼球如金魚般整個突出，感覺像是忽然丟到月球，然後在真空狀態下內壓過大，窒息而死。重點是他的頭髮感覺還用髮蠟抓過，他不是在世時就是個愛耍帥的潮男，要不就是死後，為他整理儀容的禮儀師非常跟得上流行。

我無助地看著手上的錦囊，不用想了，一定是要在我有危急時才能拿出來使用，那也代表，我在跟小黑相處的這七天裡一定會遇到危急情況，一想到這裡，我就心花怒放，久久無法自我。

食物是拿來延續生命的，馬桶是拿來做質量平衡的，就這樣。

而故事書……該不會是正爺要我無聊時拿來解悶的吧？

於是我索性拿起故事書來，看著書的封面。

「再來吧，小黑？」我蹙著眉，緩慢地翻開故事書第一頁。

※

殭屍有三種狀態，受命、待命以及暴走。

當人死亡後，如果含著怨恨死去，屍體又沒經過腐化，而長時間存放於陰涼的地方，其身體各組織器官，特別是神經系統如果還完整，原本該是裝載靈魂的身體會逐漸被怨氣所取代，夾帶著前世憤怒的片段記憶，化為驅動身體的能量，再次甦醒，就是所謂的殭屍。

殭屍操縱師，顧名思義為操縱殭屍的人，這種人擁有比一般人強的靈力，而殭屍操縱者即是利用自己的靈力去操縱殭屍的怨氣，利用殭屍那強大的能量去做任何殭屍可以做得到的事情。

舉例而言：玩殭屍拳。

當殭屍操縱師的靈力越強時，便可操縱怨氣越深的殭屍，以及甦醒後力量越強的殭屍。

在操縱殭屍時，有一點很重要的，就是必須仔細了解殭屍怨氣的來由，也就是了解殭屍在世時受了何種委屈，死的時候又帶著什麼冤屈，如此一來，才能將殭屍操縱得得心應手。

所以，枸史，你要好好了解小黑在死的時候是帶著什麼冤屈，我想跟你說一下，他在世時發生了什麼讓他冤屈的故事，對你在操縱他時會有一點用處吧？

以下是小黑的故事……

小黑啊，他在世的時候，因為太黑了，所以黑死了。

That`s all！希望對你有幫助。

※

「幹！」翻到書的最後一頁，我當場罵出來。

我無奈看著書的封面，上面還標示著「作者：最厲害的正爺」等字樣，正爺這個傢伙，根本就是存心想搞死我吧？生前故事提那麼少，是要了解個屁，操縱殭屍的關鍵有講等於沒講，萬一小黑真的甦醒過來，加上暴走的話，那真的是太快樂了。

我背對著坐在小黑旁邊，不斷搔著頭，到目前為止，關於如何操縱殭屍，我還是了無頭緒。

忽然間，我感覺背後有股寒氣襲來，該不會……我最害怕的事情即將要發生了吧？

我轉身，看見小黑的眼睛在散發著駭人的紅光，重點是，他在瞪著我他在瞪著我他在瞪著我他在瞪著我他在瞪著我他在瞪著我他在瞪著我他在瞪著我他在瞪著我他在瞪著我！

「哇！」我嚇得往後一跳，結果跳太大力，整個人飛到天花板上，天花板被我的頭撞擊出一條條裂痕。

不管頭痛不痛了，我膽顫心驚地望著正在瞪著我的小黑，他的臉上挾帶著似乎只有憤怒，好像我欠他一百萬一樣，他緩慢地撐起身子，活動活動筋骨。

我想起了蛾姐曾對我說過的話，當殭屍甦醒後，所做的一切就是破壞，將周遭一切可破壞的全破壞殆盡，想一想，整個小房間裡可以破壞的除了馬桶、食物以及他睡過的木床，再來就是一個可以霸凌的弟弟，我。

忽然間，他一個箭步向我飛來，並伸出他如炮彈般的拳頭，向我狠狠揮出一擊。

我下意識擊出我強而有力的左拳，和他硬碰硬。

喀啦！我可以聽到骨頭碎裂的聲音，想當然爾，是我那凡人的左拳骨頭整個碎裂的聲音。他的力道太強，我像個陀螺，整個人被彈飛出去，在空中旋轉好幾圈後，臉直接撞上牆。

「根本不是他的對手！」我用右手按著不斷噴出血的鼻子，心裡不斷想著對付小黑的方法。

方法一，用右手再跟他硬碰硬一次，但結局當然就跟左手一樣。

方法二，使用大便溶化他，但最欠扁的一點就是，他是我未來的夥伴，而且又是殭屍人力銀行公司財產，若真的溶化了他，那我可真的要在這公司拉一輩子的屎來抵債。

方法三，錦囊妙計，照目前看來，也只有這個方法了。

我趕緊從口袋裡掏出了正爺給我的小錦囊，拆開線，將裡頭的東西取出。

裡頭是一個藍色的指虎，在讓中指套進的指環外側，有個紅色的正字標記。

「該不會要我拿指虎當成是對付他的武器吧？」我驚呼著，但在別無選擇情況下，我也只能迅速將指虎帶在我的右手上，對著小黑擺出攻擊的架勢。

此時，我的中指指背忽然傳來劇烈的刺痛感，感覺指虎中指環內忽然伸出極為尖銳的東西刺進手指裡，過沒多久，一團紅色液體從指環外側噴出，那紅色液體不偏不倚射在小黑的臉上。

小黑抱著臉，發出痛苦的低吼聲，發著抖，緩慢地跪了下來，此時此刻我了解了，那紅色液體就是我的血，是因為指虎突然伸出一根針，刺進我大完便專用來摳屁股的中指，抽取我的血液，然後射出。

此時此刻，小黑跪在地上一動也不動，感覺像在懺悔，好啦，我原諒你了，你可以站起來了，被殭屍跪著認錯，身為人類的我多難為情。

然後小黑就站起來了。

「站起來幹麻？不會又要再來吧？小黑！」我驚慌著大叫。

他果然健步一飛，衝過來作勢要打我。

「不要過來，再過來，我再射你一次喔！」我露出你欠我一百萬的表情，並將指虎對著他。

然後，小黑就在拳頭離我鼻頭只有一公分不到的時候停了下來。

「啊哩？該不會我心裡想要他做什麼，他就會做什麼啊？」我看著手上的指虎，露出一抹奸笑，而小黑的眼睛，我仔細一瞧，才發現他不再散發著駭人的紅光了，取而代之的是讓人感到溫暖的藍光。

這指虎一定就是控制殭屍的遙控器，而將我的體液射在他臉上……我是說血液噴在他臉上，一定就是我開始能夠操控他的觸發因子。

我看著遙控器，大笑了起來，此時此刻我感覺到，我的靈魂跟小黑融為一體了，這是我這一輩子第一次操縱殭屍。

什麼要知道前世的冤屈會對操縱殭屍有用，正爺又在話唬爛了，能不能操縱殭屍的關鍵，根本就在於你手上有沒有操縱殭屍的遙控器。

而操縱殭屍，靠的就是自己的意志吧？

「我終於成為了小黑的殭屍操縱師了，哈哈哈！」我兩手叉腰，笑到無法自我，準備對小黑下下一個動作的命令。

碰！

我忽然感覺鼻頭被一陣巨力打到，整個人往後一彈，後腦勺又直接撞到後方牆壁上，在快要昏厥前，我訝異地看著小黑，漸漸模糊的畫面中，他還是維持著剛才停止的姿勢，根本沒有動，那我到底是被誰打到？

那感覺就真的像是剛才小黑一拳從我鼻頭上轟下去般，鼻血像打柏青哥中了 777，掉錢般不斷狂流下來，頓時感到暈眩，然後就昏過去了。

※

不知昏了多久，我又在這房間裡醒過來。

我動一動左手，已經完全不痛了，所有的骨折都已經痊癒了，看來我的復原能力真是越來越驚人。

我看看四周，似乎沒什麼變化，小黑始終停留在出拳時的豪邁姿勢，動作穩定的像一座雕像，拿來當人體模特兒再適合不過了。

　　我摸摸自己的人中，那血液早就乾掉並發黑，代表著我昏迷一定過了很長的一段時間，或許昏迷了一天。

　　轟！那象徵重生的鐵門再度開啟，有股金黃色亮光從開啟的門縫照了進來，有個人影從亮光中漸漸向我走近。

　　我眯著眼仔細瞧，那人影逐漸清晰，後來我看見了身著藍色壽衣，衣服前面印有大大的紅色正字標籤，果然是正爺！想不到他那麼快就要來接我出去，看來是我操縱殭屍的進度大有進展的關係吧？

　　「七天了，過得還好吧？」他走過來拍拍我的肩膀，然後得意地對我眨眨眼。「睡得還安穩吧？」

　　「七天？我昏了一個禮拜？」我不可置信地望向正爺。

　　之後，又有另一個人影從門外走了進來。

　　他雙手捧著一個筆電，帶著會讓人看起來非常專業的眼鏡，沒錯，他就是最擅長預測這世間萬物流動軌跡的鄧教授，現職工作是正爺的積歪復仇計畫大軍師。

　　「枸史，我懶得跟你解釋那麼多。」他自信地用手推了推眼鏡。「總之，你在這房間裡的一切行為模式，都在我的預測之中。這七天，睡得還安穩吧？」

　　「總而言之，我已經會操縱小黑了。」我看了看手上的藍色指虎，繼續說：「正爺你也真是的，若要我操縱殭屍，就直接把遙控器拿到我手上，然後教我如何操控小黑，不就得了嗎，為什麼還要搞什麼七天守靈的戲法，把我跟小黑關在房間裡？」

　　「沒那麼簡單！」正爺用嚴肅的表情看著我，「要讓殭屍操縱師與被操縱的殭屍變得非常有默契，首先要做的，就是在殭屍旁睡個七天來培養感情，這樣一來，在操縱殭屍上才會更順手。」他雙手一攤。「所以，你知道我的用意了吧？」

　　我不甘心地問：「那你在書中提到，要了解殭屍在前世受了何種委屈，死的時候又帶著什麼冤屈，如此一來，才能更容易操縱殭屍之類的理論呢？」

　　「也是啊！這是最快的方法，只是啊，嘿嘿！」他將臉湊近，開始奸笑著說：「因為老實說，我不知道他前世發生了什麼事，又是怎麼死的，所以只好在故事書裡話唬爛。就是因為你無法得知他是帶著何種冤屈死的，所以跟他培養默契跟感情的最直接方法，就是讓你在他旁邊睡個七天。」他一臉理所當然。

「我還是有問題？」我還是不甘心地舉手。

「還有問題啊！」他一臉嫌惡，感覺不想再讓我問下去了。

「就是啊，我想問一下，我為什麼會昏過去。」我趕緊擠出和藹的虛偽笑容來淡化他的不悅。

「簡單啊！是小黑的『隔山打牛定時炸彈』特殊能力所致，唉！不想說了，我要去玩投籃機了，詳細的內容，你就問鄧教授吧！」說完，他大搖大擺地晃出這小房間。

「隔山打牛定時炸彈？特殊能力？」我整個人愣在原地，用狐疑的眼神向看起來無比專業的鄧教授求救。

「總之，不管是不是超人殭屍，每一種殭屍在被操縱時通常都會有一種以上的特殊能力，你當時會昏迷的原因，就是因為小黑的隔山打牛定時炸彈在你的鼻頭前引爆所致。在小黑出拳時，會將一股靈力藉由拳頭投射在目標物上，那靈力會藉由不斷吸收著目標物身上的靈力而不斷膨脹，最後爆炸，這其中約需幾秒的時間。我將你的身體機能參數與隔山打牛定時炸彈的能量都輸入電腦作模擬，結果顯示，你會昏迷約七天整。」他一氣喝成所有解釋，連看我都不看一眼，之後自負地推了推眼鏡，鏡片閃耀著無比專業的光芒。

「太屌了！」我忍不住對鄧教授比出大拇指。

「但是這招有個很大的缺點，那就是他的攻擊範圍只有在一公尺內有效，若超過一公尺的攻擊距離，小黑就無法將靈力藉由拳頭投射在目標物身上，此外，延後幾秒的爆炸時間而讓敵人擁有持續進攻的時間，也是重大缺點之一。最重要的，若他的拳頭碰到了敵人或目標的身體，就無法引爆隔山打牛定時炸彈。」他很認真地看著我，專心做著講解，似乎要我絕不能忘記這幾項缺失。

「了解！」我對他立正站好並行了軍禮。「那在操縱他時，還有沒有什麼訣竅？」

「基本上，你在心裡想著要他做什麼，只要在他能力範圍裡或著是他的人體工學可以做到的動作，他就會去做你想要他做的動作，就這麼簡單。」說完，擅於預測行為模式的他很了解，接下來我不會再問他任何問題了，於是捧著筆電，轉身走出門外，一整個帥氣到不行。

「太帥了，小黑，我們出去外面晃晃吧！」我命令著剛到手的遙控人形，心裡一想到未來與他並肩作戰的華麗戰鬥畫面，整個人就不禁熱血沸騰起來。

「去幾樓？」蛾姐。

「美麗又大方的蛾姐，請帶我跟我的戰鬥夥伴，到地下一百層樓好嗎？」電梯裡，我有禮貌地將虛情假意的好聽話，熟練地對著蛾姐說。

於是美麗又大方的蛾姐發功，然後唸出一連串關於噁心食物的咒語後……

叮咚！

電梯門打開，回到殭屍人力銀行地下一百樓，正爺的辦公室。

五百坪的室內雖然擺滿了辦公桌跟一堆認真勤奮的員工以外，視力好到像是直接戴一副望遠鏡在臉上的我，可以明顯看得出來，位於辦公室正中央的沙發上，除了正爺跟鄧教授以外，還多坐了一個身著黑色西裝，頭髮金光閃閃的人，他翹著二郎腿，並優雅地喝著女傭殭屍幫他沖泡的薑茶，看起來很有氣質。

「積歪！？」我眼睛瞪大，開始緊握手上的指虎。

雖然換了西裝顏色，整個人看起來也氣質多了，但他那機歪的樣子我絕對忘不了。他到底想幹嘛？難道想要仗著擁有大批超人殭屍，特地來到這裡跟正爺談條件，要正爺投降，順便跟他一起機歪地統治這世界嗎？

不行！趁現在我有點想大便，而身邊又有我的戰鬥夥伴，小黑，趁現在他一個人沒有任何殭屍保護時，先下手為強，把他幹掉，世界就太平了，一想到這裡，我全身就充滿了幹勁跟便意，好想先叫小黑利用隔山打牛定時炸彈把他鼻孔炸得跟山洞一樣大後，我再在他臉上屎爆，毫不保留地將土石流全灌進他的鼻孔山洞裡，讓他窒息加過臭而往生。

「走吧，小黑！」下達命令後，我和小黑健步一飛，想直達沙發邊直接給積歪致命一擊。

在這一瞬間，我感受到一股巨力將我往後拉扯，那感覺不是用手將我拖住，也不是用什麼磁力的超巨力將我往後帶，而是瞬間一股巨大氣流，將我跟小黑吸回了電梯裡。

我一回頭，彷彿看到了一個在化糞池修練一千年的恐怖女殭屍，她的眼睛正發出駭人的紅光，她雙手張開置於胸前，長髮張開亂飄，像一張被風吹過的蜘蛛網，噁心地飄動著。

「鬼啊！」我大叫，屁眼也順勢噴出了一個月份的焦糖瑪奇朵，辦公室內頓時香味四溢。

我呆坐地上一會兒，凝神一瞧，冷靜分析後，才發現原來是蛾姐用吸星大法將我跟小黑給吸了回來。

「他是積歪。」蛾姐邊收功邊說，頭髮還在不安分地亂飄亂嚇人。

「所以我才要趁這個機會，衝過去打倒他啊，幹麻把我跟小黑吸回來？」我不服氣地說。

「他的哥哥。」講完，功收完，蛾姐變回正常醜。

「哥哥？他有哥哥，哼！那他哥哥也是像他一樣機歪吧？」我不屑地問。

蛾姐笑著搖頭說：「他哥跟他完全不一樣，雖然他哥跟積歪的名字裡都有積歪兩個字，但是他的個性跟積歪完全相反。」

「名字裡有積歪，難道還不機歪嗎？」我完全不懂蛾姐在說啥。

「你說對了！」蛾姐用力地指著我說。「他哥人如其名，叫作不積歪！」

「……」如果蛾姐有個姐姐叫作不蛾姐，一定長得超漂亮。

後來，在蛾姐仔細跟我講解過後，才全盤了解現在的情形。

積歪的哥哥，不積歪，是正爺的首席大弟子，目前是公務人員。

效力於「國家特別防衛部殭屍大隊」，該部門直接隸屬於總統，而不積歪的職銜是大隊長，他統領旗下的所有隊員皆是殭屍操縱師，每個隊員皆操縱一個殭屍，這個部門的功能類似正爺的殭屍人力銀行，是利用殭屍去做事，但不是服務大眾，而是在國家發生緊急危難時出動。

像現在，他弟弟將要以殭屍武力統治這世界時，擁有大批殭屍軍隊的不積歪可不能坐視不管，他必須為了維護正義而大義滅親。

「那沒事了，我走過去聽聽他們在談些什麼內容吧！」我笑著跟蛾姐揮揮手說再見。

「等等。」

「！？」

「喝啊！」

「啊～～～」

「要大便去廁所大，敢在這裡再大出來一次，我就把大便從你鼻孔灌進去！」

這次我不管小黑了，我直接抱著屁股，衝到大便間的玻璃前。

「什錦炒飯加奶茶。」

門打開，我衝到馬桶上，繫上安全帶，隨便打了個檔位。

轟！轟！轟！轟！轟！轟！轟！轟！轟！轟！轟！轟！轟！轟！
轟！轟！轟！轟！轟！轟！轟！轟！轟！轟！轟！轟！轟！轟！
轟！轟！轟！轟！轟！轟！轟！轟！轟！轟！轟！轟！轟！轟！
轟！轟！轟！轟！轟！轟！轟！轟！轟！轟！轟！轟！轟！轟！
轟！轟！轟！轟！轟！轟！轟！轟！轟！轟！轟！轟！轟！轟！

屎爆後，我走出大便間，拖著不斷抽搐的下半身，緩緩來到正爺和不積歪旁邊。

「我手下約有一千個殭屍操縱師，大部份都是我親手訓練出來的，以他們的靈力和能力所操縱的殭屍，實力當然也不容小覷。在這次的事件中，我保證，若全員出動，必定可以反制積歪的陰謀。」不積歪的嘴角微微上揚，看來他對於自己的殭屍大隊非常有信心。

「這件事情完全不用你插手，我可不想浪費國家資源。」正爺對著不積歪搖動他的食指，一臉不用他幫忙。

「那麼，我想請教最敬愛的師父，在失去幾乎所有超人殭屍的尔，還會有什麼辦法，應付統領超人殭屍大軍的積歪呢？」不積歪依然優雅地翹著二郎腿，但眼神裡透露著一絲不屑。

正爺清了清喉嚨說：「我這裡沒什麼超人殭屍，但是這世界的存亡關鍵不在於是不是擁有超人殭屍。」

「唉唷！那我倒想知道，是擁有什麼才能決定這世界的存亡。」不積歪挑了挑眉，不可置否一笑。

「這很簡單。」正爺的眼神飄向了剛拉完屎的我，說：「我擁有英雄。」

正爺您真是太捧我了，害我不好意思，都害羞了起來，連屁眼都縮了起來。

不過，這話聽在大師兄的耳裡想必不可置信，他瞪大雙眼，不斷在我身上掃瞄著，之後對著正爺，驚訝地指著我說：「他？英雄？師父，我知道您平時喜歡開玩笑，但是這個時候真的不是能夠開玩笑的，你知道嗎？這世界上操縱殭屍最厲害的除了正爺您，還有擁有操縱超人殭屍天份的弟弟積歪，再來就是我了，我帶領一堆人去打，可能都要盡全力才打得過積歪的超人殭屍大軍，這個人，他哪裡強？」

「他很會大便。」正爺低頭喝了口薑茶。

我為了表示誠意，非常用力的跟不積歪大師兄狂點頭。

「所以勒？」他開始緊握他的雙拳，看來會對正爺感到不耐煩的不是只有我。

「所以是英雄。」正爺說得理所當然。

他這種回答當然會讓人想揍人，我看見不積歪臉色越來越不悅，連忙將我的經歷與正爺的計畫跟不積歪大師兄訴說。

「總之啊，我每次受傷後都會變強，也是唯一擁有可以融化殭屍能力的人啊，現在我又成為了殭屍操縱師，安啦大師兄，你弟的事，我會幫你搞定。」我一臉笑開懷，不過越說越心虛。

「你說你的大便可以融化殭屍，那尿勒？」不積歪大師兄低頭喝了口薑茶。

「拿來泡成薑茶給你喝了。」正爺隨便應了一句，根本是在火上加油。

不積歪立即將所有薑茶噴出來，之後邊擦嘴邊說：「師父，你是不是自從積歪叛變後，生病了，思緒變得不清不楚啊？」

正爺一臉充滿自信地說：「這是我最近才發現的，將枸史的尿拿來與薑絲用慢火熬煮一天，喝下後可以增強靈力。」

「尿？我不記得我在大便間有尿尿過啊，你怎麼會有我的尿的？」我抱頭大喊。

「我之前跟蹤你到一般廁所尿尿，看你在哪個小便斗尿尿，我便將那小便斗收集到的尿，直接導入茶水間的熱水壺，與預先放好的薑絲一起熬煮，這小便斗的改裝與管路設計，可是鄧教授的傑作喔。」他不斷對我挑眉。

靠！你這死老頭變態色情狂！

「那你怎麼知道，喝下去之後會增加靈力啊，你拿誰做實驗？」不積歪不服氣地問著。

「我的親戚，陳明良。喝完之後，我用靈力探測器探測到他身上的靈力微微增加了一個百分點。」他將聲音壓低，裝作對我們咬耳朵地說。「我偷偷掉包他的薑茶的，噓！這是秘密。」說完還對我跟不積歪眨了眨眼，真是讓人感到噁心到不行。

不積歪長嘆一口氣。「正爺您還是老樣子，算了！總之，為了以防萬一，當積歪的超人殭屍出來作亂時，我們政府部門會出面來鎮壓。」說完之後站起，準備離去。

「除非⋯⋯這小子有讓我另眼看待的地方，否則我絕對不放心，以你們微薄的軍力可以拯救這世界。」離去前，不積歪又轉頭瞧我一眼，之後又嘆了一口氣。

「沒有把弟弟管好，我這做哥哥的也有責任，總之就先這樣了。」不積歪瀟灑地背對著我們揮手，走進了電梯裡。

「放心啦，這小子不會讓你失望的。」正爺用力地拍了一下我的頭。

看來事情變得越來越有趣了，哥哥為了拯救世界而大義滅親，只是我很懷疑，不積歪的殭屍大軍真的打得過積歪的超人殭屍嗎？

這種感覺就好像是叫一群訓練有素的武術家，去跟超人特攻隊一較高下，這樣真的有勝算嗎？

更何況，正爺似乎不寄望不積歪的幫忙，反而把拯救世界的重責大任全押注在我身上，而我到現在，除了很會拉屎之外，已經沒有什麼專長可以跟別人媲美了，想到這裡就更覺得不可思議，難道我真的擁有打倒超人殭屍的能力？

「看來事情變得越來越有趣了呢！」正爺不斷摸著自己的下巴，竊笑著。

※

「一個殭屍一次只能被一個殭屍操縱師操縱喔，換句話說，就是該殭屍若已經名花有主了，其他人就無法操縱該殭屍。殭屍啊，說到底，是一種非常專情的動物唷！而且啊，每當你要操控一隻殭屍時，都要先將自己的血噴在它身上，才能使用遙控器操縱它喔。」

「嗯哼！可是我上次沒把血噴在大鼻孔身上，那我怎麼可以操控他啊？」

「有啊，就是你上次從山上滾下來暈倒時，流了一堆血，正爺當時就把你的血收集起來，然後注射在大鼻孔身上。」

「正爺真變態，偷我的血又偷我的尿，三不五時還要幫他大便。好的，那我操縱殭屍時，還要注意些什麼呢？」

「還有，就是一個殭屍只有一個殭屍遙控器，該遙控器是獨一無二的，無法被複製或取代。而殭屍的能量來源是殭屍操縱師的靈氣，當殭屍操縱師沒了靈氣，便控制不住該殭屍，最後會暴走，所以你要注意一下喔！」

「了解，還有呢？」

「還有啊，要啟動每一隻殭屍的特殊能力都有一句關鍵字句，剛剛正爺跟我說，要啟動小黑特殊能力的關鍵字句，就是要他的殭屍操縱師講出『再來吧，小黑』這句話喔，所以你上次就是講出這句話來，才被他用隔山打牛定時炸彈打飛的。」

「所以你剛剛跟我講的那一長串有的沒的關於操縱殭屍的理論，跟現在要做的訓練有什麼關係嗎？」我開始有點不耐煩了。

「沒關係。」擴音器裡發出的，是陳明良臭玲呆的聲音。

很離奇的，很不可思議的，很不可置信，很想去死的，正爺指派陳明良教導我如何成為一位傑出的殭屍操縱師，陳明良耶。

正爺跟我說，陳明良小時候便常常跟他學很多殭屍操縱術和咒語，並操縱過幾隻殭屍，靈力也在我之上，所以可以當我的教練。

然後他給我訓練的第一課，就是把我關在大小約莫五十坪左右的訓練室內，牆壁是用三公尺厚特殊合金做成的，可以承受強大的衝擊。

而陳明良正坐在訓練室外的主控室內，透過攝影機觀察我，並透過廣播跟我說一些跟現在要做的訓練無關的屁話，真不相信他有能力讓我變成非常厲害的殭屍操縱師。

並不是說他當我教練不好，只是自從我把大便注入他大腦裡之後，整個人都變得憨憨的，會一直喊大便大便，正爺為了治療他，就把我的尿熬成薑茶給他喝。（他怎麼會知道這招有效？）

說也奇怪，陳明良在喝了之後，整個人瞬間請醒，狀態回到了我拿大便棒棒棒敲他的頭之前，有點憨但不會太憨，而且據說他喝了十公升的尿薑茶，靈力又增加許多。只是清醒是有時效性的，他的大便憨憨症會無時無刻發作，發作的時間點到現在連鄧教授都無法預測，這種憨憨症無時無刻會發作的人，竟然要指導我成為出色的殭屍操縱師？

重點是，訓練室裡只有我一個人，親愛的小黑夥伴沒陪我進來，明良也跟我說，現在這訓練不用操縱殭屍。

「那現在要做什麼呢？」我沒耐性地大吼。

「增強你的力量與靈力。」

「所以，現在要給我喝用我的尿做成的薑茶了嗎？」

「沒有，你也知道，喝用你的尿泡成的薑茶增加的靈力很少，要快速增加你的靈力和力量，還是得用老方法啊！」陳明良的聲音聽起來無可奈何。

此時此刻，在我正對面的牆壁開了一個大洞，有一個火箭筒從洞裡伸了出來。「這火箭筒是軍隊用來攻擊裝甲車用的，威力蠻大的，而且火箭炮會自動追蹤目標物喔，呵呵！準備，我要按發射的按鈕囉。」當他說完這段話時，我知道要開始在心裡面唸阿彌陀佛了。

「等等，我練無敵風火輪就好了啊，為什麼要用火箭筒？」我不停對著攝影機鏡頭狂揮手，土石流已來到屁眼口。

「正爺說，你受傷那麼多次，變得更強了，所以對你要更殘忍。」正爺你好樣的。

「不行啊，你也說這是射裝甲車用的，拿來射人會死人的啊！」我在訓練室裡跑來跑去，企圖躲開火箭炮的瞄準。

「鄧教授說，這次你只會昏迷三天。」說完，我看見火箭筒的發射口爆出火花。

轟！

第五章：史前殭屍恐怖降臨

「正爺正爺！能不能冒昧請教您一個問題？」

「請說。」

「這座金黃色的馬桶上有個把手，把手旁寫著 1、2、3、4、5、R，好像是排檔耶，請問這有什麼用嗎？」

「喔喔那個喔，你現在在馬桶上大便嗎？」

「是啊是啊，最近一直都狂便秘，拉不出來，想說今天心血來潮，來試看看有沒有屎可以拉。」

「喔喔，跟你介紹一下啦，基本上這個馬桶是這樣的，為了分類你的大便，特別設置了五個儲存槽，來儲存你在不同情況下拉出的大便。當你嚴重便秘時請打到檔位 1、有點便秘請打到檔位 2、正常大便請打到檔位 3、有點腹瀉請打到檔位 4、嚴重腹瀉請打到檔位 5，像你今天這種情況，就請打到檔位 1，好讓殭屍銀行為您儲存嚴重便秘的大便。」

「喔喔，了解，還有啊，檔位 R 是要幹什麼用的。」

「嗯，你現在可以先試著拉看看啊。」

「喔，好啊！」（打到檔位 R）

「打到檔位 R 了嗎？」

「是的，那請問檔位 R 是幹什麼用的？」

「喔，那個檔位啊……」

「嗯啊。」（超期待）

「那個檔位是將所有儲存槽的大便全部灌回你的腸子裡用的。」

「！？」

轟！轟！轟！轟！轟！轟！轟！轟！轟！轟！轟！轟！轟！轟！
轟！轟！轟！轟！轟！轟！轟！轟！轟！轟！轟！轟！轟！轟！
轟！轟！轟！轟！轟！轟！轟！轟！轟！轟！轟！轟！轟！轟！
轟！轟！轟！轟！轟！轟！轟！轟！轟！轟！轟！轟！轟！轟！

轟！轟！轟！轟！轟！轟！轟！轟！轟！轟！轟！轟！轟！轟！

※

無數棟平房早就被踩得支離破碎，殘骸一片。

伴隨著空襲警報刺耳的鳴笛聲，市區裡，人們逃竄的尖叫聲此起彼落，紛紛往較安全的地方避難去。

我站在一棟成了廢墟的高樓大廈前面，這大廈如今只剩下外露的鋼架，勉強說明著這曾經是很堅固的建築物，只是再堅固也抵擋不了殭屍的蠻橫攻擊。

在我眼前躺著一隻剛被我掛掉的殭屍，人們不斷向我的身後竄去，這畫面像極了日本歌吉拉系列電影中被恐龍襲擊的都市。

這都市，真的被恐龍襲擊了。

在我眼前躺著，眼睛不再綻放任何光芒的，是一隻雷龍殭屍。

「太扯了！」我緊握著左手的大便棒棒棒，右手緊握著藍色指虎遙控器，憤恨地咬著牙。

想不到積歪連無辜的老百姓都不放過。

「很扯嗎？」一道從天而降極為熟悉的聲音。

這聲音一聽到就會很幹，因為再沒有比這更機歪的聲音了。

「你這個躲在秘密基地操縱殭屍的鱉三，有種出來單挑啊。」我用棒子用力地敲了地面，對著天上大喊。

「你知道的，我很機歪，但也很奸詐，若出來直接面對面，豈不是太正直了，這不符合我個性。」說完，躺在眼前的雷龍殭屍雙眼再度發出藍光。

然後，我知道的，就算有幾處有被我大便腐蝕到爛掉的傷口，雷龍殭屍卻又像是毫髮無傷地起身，毫無受傷的痛覺。

「你知道的，殭屍是打不死的。」然後又是這句最招牌的機歪話。

在雷龍殭屍出現在這城市時，擔任拯救世界英雄的我，當然代表殭屍人力銀行上前營救，帶著大便棒棒棒與小黑和這隻殭屍展開廝殺。

　　我以俐落的身手，在雷龍殭屍將我踩扁前，就掄起大便棒棒棒跳上它的背，狠狠往它身上幾處猛 K，最後一擊落在它的頭上。

　　我以為我的大便在藉由大便棒棒棒注入雷龍殭屍體內後，會整隻被溶化，誰知它的體積太龐大，皮又太厚，儲存在大便棒棒棒裡的大便能溶化的其實有限。

　　配合我的大便與小黑的特殊能力，好不容易終於將雷龍殭屍打趴一次，只是，這場戰鬥打起來就像無限回合的格鬥遊戲，就算把敵人打到沒血了，在倒數十秒時，對方又投入了十塊錢，然後我就必須以現在的血量跟體力去進行下一回合的戰鬥，永無止盡。

　　雷龍殭屍站在我眼前，與積歪連線著。

　　Round Two！

　　「不公平，你開密技！」我心裡雖感到憤恨不平，但還是得拿起手中的武器向前衝去，只因我是英雄。

　　只有在最艱困的時候，英雄的存在才有了價值。

　　「不服氣的話，就用大便把整隻雷龍殭屍溶化吧！但是結果，你知道的。」積歪說完，雷龍殭屍的特殊能力再度開啟。

　　我的攻擊，再度對它頸部以上的部位完全無效。

　　因為雷龍殭屍的特殊能力，就是將自己頸部以上連頭的部位，變成不鏽鋼製的大鐵鎚。

　　說時遲那時快，雷龍殭屍的大鐵鎚在瞬間瞄準我，狠狠砸下。

　　我因為心智不斷操控著小黑而分神，並沒有注意到自己正呆呆地站在鐵鎚落下的紅心位置。

　　我只感覺臉上一陣極強的風壓，伴隨著逐漸擴大的黑影。

　　若不擋下這一記攻擊，我鐵定成為一灘爛肉泥。

　　我對著即將壓下的鐵鎚伸出右手，右手上緊握著的指虎綻放出耀眼的藍光，身上的靈力頓時往右手處集中。

　　「靈盾，開啟。」

※

一個月前……

「在你身處最危急的狀態下，身上某部份的靈力便會開啟，並在身上形成一道保護膜，這也可算是一種靈盾喔，只不過很弱就是了。」明良用廣播說著。

「很弱？那為什麼到現在，我還沒昏過去？」我開始做起健康操。

「因為火箭炮的攻擊，小 case 啦！呵呵！」

說完，第一百發火箭砲射向我來，但是效果應該又像前九十九發一樣，跟沖天炮對一般人造成的傷害是一樣的。

煙霧散去，我依然不動如山。

皮肉傷罷了。

「接下來還有什麼？」我握握自己的拳頭，看著手臂上以及身上不斷變得厚實的肌肉，心中驚嘆不已。

這就是不斷訓練，不斷受傷後，身體自我超越的結果？這能力還真是得天獨厚。而增強最多也最快的，是靈力。

「正爺牌小蜜蜂追蹤彈，呵呵！」明良笑呵呵，應該想到又可以射我了，所以他很高興。

此時，距離我眼前十公尺處的地上，升起了一個飛彈載具以及兩個我從未見過樣式的飛彈，飛彈的彈頭寫了個標準的紅色正字。

「新的武器啊？能不能大概講解一下它的性能跟威力？」我興奮地看著正爺牌小蜜蜂飛彈。

「好啊，這個飛彈很厲害唷！當這飛彈發射的時候，到達你面前三公尺處會爆炸，然後產生十個小飛彈，這十個小飛彈飛的方式跟蜜蜂很像，而且會追蹤你，速度很快唷，呵呵！然後啊，每個飛彈的威力大概都是剛剛火箭炮的十倍以上喔！」

從廣播的聲音聽得出來明良想射我的興奮感，真變態。

「真厲害，看樣子，對我而言又是更高等級的訓練。」我開始磨拳擦掌，額頭冒下一滴汗。

「不對喔，這一次是我要訓練。」

「你？訓練啥？大便嗎？」我皺眉。

「這小蜜蜂飛彈可以改成手動追蹤模式，所以我要訓練我自己，操縱這些小蜜蜂飛彈來打你啊！正爺叫我多練練這個，對打電動有幫助。接下來，你就不要在原地被我打爽的，當我發射飛彈時，你就開始跑吧！我就可以開始玩射你的遊戲了，嘿嘿嘿！」明良現在的笑容一定很淫蕩。

「靠，你剛不是說小蜜蜂飛彈爆炸後會產生十個小飛彈，你難道要一次操縱十個小飛彈來射我嗎？」我對著鏡頭露出不屑的眼神。

「我會操縱全部的飛彈啊，而且是用心智操控喔，就跟你操控小黑的原理差不多，你快點準備啦，我要射了。」明良的聲音聽起來迫不及待。

我深吸一口氣，緊繃肌肉，彎下身，做好起跑姿勢，用銳利的眼神盯著正爺牌小蜜蜂飛彈：「來吧！」

飛彈射出。

飛彈射出。

「一次發射兩枚？明良，難道你一次可以操縱二十枚小飛彈！？」我驚呼，看著向我飛奔而來的飛彈。

大飛彈爆裂，小飛彈激射而出。

大飛彈爆裂，小飛彈激射而出。

有二十隻小蜜蜂衝向我。

經過那次的訓練之後，我終於知道明良可以進入殭屍人力銀行地下第一百層樓的秘密了。

原來他的才華，不只是玩投籃機和唬爛畫符咒，而是操縱。

就像一個電玩高手，什麼武器只要有配備了心智遙控器，被他使用後，都會變成超高效率的殺敵武器。

每一顆飛彈的軌跡不需經由電腦精準的計算，只要他感覺到你，無論你怎麼跑，只要飛彈夠快，你一定逃不掉。

最後，我跑得精疲力盡，儘管身體移動的速度已經可以算是超人了，卻還是被十枚小蜜蜂飛彈擊中，另外十枚則射在牆上。

「空包彈？」我大口大口喘著氣。

「對啊，一下就把你射掛了，就不好玩了，當然要多射你幾次才好玩啊！嘿嘿！」

「呼！真厲害，你操縱的飛彈有一半打到我了，我以為我跑得算很快了。」我對著鏡頭比出大拇指。

感覺我移動與閃躲的速度已經超越飛彈飛行的速度了，有十枚小飛彈竟以不可思議的角度擊中我，而且十枚都射正中屁眼紅心，好痛快。

「不對喔，是全部打到你，我只操縱十枚小飛彈喔，另外十枚我是設定自動追蹤模式。嘿嘿！再來吧！」不給我任何休息的機會，第二輪飛彈射出。

真是太變態了，專門瞄人屁眼的陳明良。

我瞪大雙眼，兩眼開啟高速攝影機模式，看著以極緩慢速度從我瀏海滴下的汗水，以及不斷向我逼近的，四枚大飛彈。

「這一次，明良真的操縱了二十枚小飛彈啊！」

轟轟轟轟轟轟轟轟轟轟！

轟轟轟轟轟轟轟轟轟轟！

轟轟轟轟轟轟轟轟轟轟！

轟轟轟轟轟轟轟轟轟轟！

※

三個禮拜前……

一樣是訓練，一樣是正爺牌小蜜蜂追蹤彈，一樣是在五十坪左右的訓練室內。

不一樣的，這次換我追明良操縱的一百枚小蜜蜂。

「盡量用單手喔！」明良還是不忘提醒那一句話。

邊說話，心智邊操縱五十枚小蜜蜂，明良現在應該焦頭爛額了吧。

「有沒有一本書是教人家怎麼揮棒的呀，呼！」我左手單手握著大便棒棒棒，用最笨拙的方法亂揮棒，可是快一個小時了，連那設定成自動閃人模式的五十枚小蜜蜂都揮不到，更不用說去揮擊明良用心智操縱的那另五十枚小蜜蜂了，超沒成就感。

「一定有啊，不過，那都是教人家站在原地用雙手揮棒啊，呵呵！」明良的語氣充滿不屑。

當然有，教人家打棒球的書一堆，但是沒有一本書是教你一邊跑一邊揮擊目標物的吧。如果有，那本書一定是黑道討債的小弟寫的，畢竟球棒在他們手上有著另外的功用。

「我覺得，我還不夠快，可惡。」我奮力地朝其中一隻在攻擊範圍內的小蜜蜂用力砸下。

但是結果，依舊。

揮空，揮空，揮空，三振出局。

那感覺就像拿蒼蠅拍打蒼蠅一樣，上一秒，感覺蒼蠅完全沒感覺到任何殺氣而安心地停留在你吃剩的晚餐上時，你小心翼翼地逼近，感覺牠已經是囊中之物了，於是你高高舉起蒼蠅拍，猛然用力砸下，但就在蒼蠅拍快要擊中目標時，蒼蠅就以極快的速度迅速離開你的攻擊範圍。

「所以，你知道原因了吧！你必須還要再更快，無論怎麼揮，只要夠快夠準就好啦！」

這我當然知道。

「我以為我已經夠快了。」我停下來不斷喘氣，感覺每個毛細孔都在噴汗。

「當然不夠快，你沒有善用靈力。你啊，只有在大便的時候最厲害，呵呵！」明良笑笑，一整個就被瞧不起。

「我大便一次大很多是很厲害啊，感覺屁眼釋放了累積一個月的怨氣了，但是那又怎樣？」

「是啊，你要讓靈力跟大便一樣釋放出來啊，正爺跟我說，你的體內深處潛藏著一股驚人的靈力，每當你在廁所大便時，他都偷偷站在廁所門口觀察，他說，當你在大便時，那股能量就會從你屁眼噴出。他後來發覺，有股力量藏在你腸子的某一處，只要把它引出來，你就會強好多倍。」

我每次大便時，他都在偷偷觀察？靠，變態死老頭色情狂！

在拯救世界之後，我一定要去告他偷窺跟竊盜，偷窺我的大便，外加偷我的尿去做茶喝。

「那我要怎樣做，才能善用我的靈力？」我勉強壓抑著心中的怒火，心平氣和地回答。

「不只屁眼，你讓全身每個毛細孔都大便試看看，呵呵，一定很好玩。」

「哪裡好玩？有種你用臉大便看看。」我對著鏡頭擺出大便般的臭臉。

「唉唷，我是打個比喻啦，你就想像大便從全身爆發的感覺，試看看，去找出你靈力的泉源，然後去把它引出來。」

真的那麼靈嗎？好吧，就試一下也無所謂。

我讓雙手按著棒子，棒頭向下撐在地上，兩腳與肩同寬，沉住呼吸。

我試著想像有股力量藏在大腸，試著想像自己想大便。

而且不只想坐在馬桶上大便，還有我的腋下、頭髮、背、腳、手，身上每一處都想大便。

我想像積了一個月沒拉的屎，在我肚子裡迫不及待想從全身竄出，然後爆炸。

漸漸的，我感覺到肚子有一股力量在翻騰，那感覺越來越明顯，但不是痛，而是一股能量溫柔地想要往體外跑，那感覺竟令我感到舒服。

「喔……啊……我快出來了。」我的聲音在顫抖，全身開始酥麻。

噗！

訓練室，臭氣薰天。

「只是個屁！」我捏著鼻子抱怨，這屁雖然是自己放的，但真的太強大了。

「可能你還不夠投入吧！再試看看啦！」

沒錯，剛剛在那股力量要凝聚的緊要關頭，我不小心鬆懈了一下，才讓力量一不小心又解散回家了。

這一次，我比上一次更集中精神，再次找尋那力量泉源，並試著不要讓它分散。

我的肚子又再度翻騰，此時此刻我絲毫不敢懈怠，繼續讓那股力量繼續集中。

集中，集中，再集中。

忽然，我的肚子再度痛起來了。

「明良，現在我想大便。」我對著鏡頭舉手，要他快點把訓練室的門打開，好讓我衝去大便。

我記得我應該一個多月沒大了，量一定很驚人。

「不行，呵呵。」明良笑著說。

我的心，被他如爆彈般的呵呵聲擊中。

「別鬧了，我不想在這裡爆炸。」我用雙手按著屁眼，不讓屎奪眶而出。

「不行，你要在這裡爆炸，呵呵！」明良又呵呵了。

「那力量越來越強大，應該說是屎越來越多，總之不管那麼多了，快開門，讓我出去大便。」我緊閉雙眼，滿臉都是緊繃的汗水跟絕望的淚滴。

「讓我出去！我會爆炸！」

「不行，你要忍耐，呵呵，呵！」

「我沒在跟你開玩笑的。」

「我也沒在跟你開玩笑啊，呵呵，要忍耐喔，呵，呵，呵。」

「你相不相信，我出去以後會用大便棒棒棒再把大便射在你腦裡，讓你更腦殘！」

「大便嗎？呵呵，要忍耐喔，呵，呵，呵。」

「我快不行了。」

「呵，呵，呵。」

「真的……」

「呵，呵，呵。」

我緊閉雙眼，雙腿不停顫抖，已經屎到臨頭了。

「啊……」我暗著屁眼狂吼。

轟！

真的爆炸了。

大便真的爆炸了。

但我還是按著屁眼。

那感覺，因為雙手堵住屁眼的關係，大便似乎真的像明良說的，屎由全身每個毛細孔噴出，總之，現在除了屁眼之外，身上有洞的地方，都在大便。

現在，我應該處在屎海裡吧，好溫暖的感覺喔，全身輕飄飄的。

我不敢睜眼，不敢呼吸，不敢說話，因為這一切都不是我想面對的。

「好厲害喔，呵呵。」明良繼續笑著說。

當然厲害，整個訓練室應該被我拉得沒有一處是一乾二淨吧，反倒是腸子一乾二淨。

「你的靈氣，在你身上不斷燃燒耶，呵呵！」

「！？」我試著睜開雙眼。

「這是？」我不可思議地看著身體周遭，緊按著屁眼的雙手，漸漸鬆脫。

我的全身，在燃燒著屎色的火焰。

那感覺，就像全身不斷在放屁，然後屁一直不斷地在燃燒。

「哇！你的靈氣，顏色跟大便一樣耶，呵呵呵。」明良發出讚嘆聲。

我呆呆地看著這些大便顏色的靈氣，還有那些，移動速度越來越緩慢的小蜜蜂飛彈。

這一次，我懂了。

速度是一種相對的概念，不是小蜜蜂變慢，而是我變得更快了。

不需要任何揮棒技巧了。

拿起棒子，我向那些依然在天空亂舞的小蜜蜂衝去。

「只要夠快，夠準就夠了。哈哈！」我咧開嘴大笑，棒子高舉。

※

兩個禮拜前……

「這一次的小蜜蜂就不是空包彈囉，你如果沒防好，至少會先昏個一個月再醒過來吧！」

一個月！？真假？

聽到明良這番話，我更是以最大防禦為考量優先，將全身的靈氣不斷逼出來。

轟！

大便色的靈氣在我的身體周遭狂妄地燃燒。

我舉起帶著指虎的右手，對著那架裝載正爺牌小蜜蜂飛彈的載具，載具上五枚小蜜蜂母飛彈蓄勢待發。

「也就是說，這一次，我要擋下五十枚貨真價實的小蜜蜂飛彈了吧？」我勉強擠出一絲笑容，但是心裡害怕得很。

「沒錯，但是你要拿捏好自己的靈氣喔，不要一次用太多，這樣子會消耗太快，一下子就玩完了，接下來，這樣的練習要做十遍喔，呵呵！」

射十次？不就是要擋下五百枚小蜜蜂的意思？

不管了，總而言之，靈氣只能盡量多，不能盡量少，萬一無法擋住其中一枚小蜜蜂，我一定死得很慘。

但若靈氣用完了，明良一定會很仁慈，看在我沒靈氣的份上，提前結束訓練。

所以，「喝啊！」我試著讓更多靈氣從體內爆發。

強大的大便色靈氣不斷衝向天空，其強大的爆發威力也使得訓練室隱隱震動。

「我要射了，呵呵！」看來明良的情緒又要達到高潮了。

咻！

「來了！」我壓低身子，右手仍緊握著指虎，對著撲面而來的五枚小蜜蜂母飛彈。

小蜜蜂飛彈離我只有十公尺。

小蜜蜂飛彈離我只有五公尺。

小蜜蜂飛彈離我只有三公尺。

小蜜蜂飛彈炸裂，五十枚子飛彈竄出。

是時候了。

「靈盾。」我大喊。

右手上緊握著的指虎綻放出耀眼的藍光，此時身上的靈氣不斷被指虎吸收，並開始凝結。靈氣在指虎前被濃縮成類似大便做成的牆，並不斷擴大，再擴大，直到完全形成了足以遮蔽所有小蜜蜂子飛彈攻擊的大便牆。

轟轟轟轟轟轟轟轟轟轟！

轟轟轟轟轟轟轟轟轟轟！

轟轟轟轟轟轟轟轟轟轟！

轟轟轟轟轟轟轟轟轟轟！

轟轟轟轟轟轟轟轟轟轟！

我可以感覺牆後發生極為震撼的爆炸，空氣頓時灼熱膨脹開來。

我被爆炸的聲音嚇得壓得微微向後傾，不由自主後退幾步，隨即穩定下來。

爆炸結束，指虎開始回收靈力並重新灌入我的身體，大便牆開始溶解，屎色漸漸變淡，最後消失在空氣中。

「比想像中的簡單嘛，呼！」我大喘一口氣。

剛剛出現的大便牆，就是靈盾，是操縱小黑的藍色指虎遙控器的另外一個功能。只要釋放出靈氣，並對著襲來的目標大喊靈盾，藍色指虎就會吸收身上釋放出來的靈氣，並將靈氣濃縮，並匯集成一道堅硬十足的牆，可以抵擋各種強大的攻擊。

正爺說，靈力是一種超自然的力量，所以不是接觸力也不是超聚力，完全不符合物理定律，所以使用靈盾時，根本不會有被反作用力給彈出去的問題。

當使用完靈盾後，指虎會重新回收靈氣並重新灌入使用者的身體，以備下次使用，以免大量靈氣浪費在防禦之中，是非常有效率的武器。

這武器如果賣給軍方並幫助訓練一批具有高靈力的軍人，這生意一定穩賺不賠。

殭屍人力銀行，真是一間具有高科技的研發公司。

　　而正爺就是一個擁有將傳統與現代化技術結合的商業頭腦的職業商人，難怪這間公司會生意興隆。

　　現在國內每十個家庭就有一個家庭使用殭屍人力銀行便捷的殭屍服務，大多是打掃家庭，帶小孩以及玩殭屍拳等，業績一直在成長。

　　「你要記住喔，每一次使用靈盾，靈氣都會損失一點點，當你一次使用越多靈氣來形成靈盾時，靈氣的損失平均百分比會越多喔，小心小心。」

　　「知道了，不過，我現在還感覺到便意濃濃，身上靈氣應該還很充裕，攻擊來個幾十次都沒關係，來吧來吧！」

　　話說，我的靈氣跟屁一樣臭。

※

　　一個禮拜前⋯⋯

　　背靠背，最佳的夥伴戰鬥陣形。

　　「準備好了嗎，夥伴？」我喘息著，對著後方一個沒有任何呼吸的戰鬥夥伴說著。

　　沉著，冷靜，眼裡閃爍著藍光的他，一切都聽我的命令，蓄勢待發。

　　腳下四周正竄來正爺牌地鼠，是一種潛藏在地下，會追蹤目標物，並於腳下爆炸的追蹤式地雷。

　　天空漫天蓋下的黑麻麻烏雲，是數不清數目的正爺牌小蜜蜂，其中不知有多少枚掌握在陳明良可怕的心智操縱中。

　　「呵啊！」身上瞬間爆發出大量的靈氣熊熊燃燒，以備不時之需。

　　所有的一切變得更緩慢，更在掌握之中。

　　「再來吧，小黑！」我躍起，在空中翻騰好幾圈，每一圈伴隨著棒子晃動，將地下幾枚竄來的地鼠利用我強大的撞擊震動力打爆，在地鼠爆炸的同時，我又翻身閃離，邊打邊閃，最後落地。

　　地下攻擊目標，清理完畢。

　　小黑躍起，在空中對空氣如機關槍般迅速出了十幾拳，最後落地，我們回到背靠背的陣形。

幾秒後，當小蜜蜂飛彈逼近我們頭頂時，一連串爆炸聲在我們頭頂傳開，隔山打牛定時炸彈在頭頂上開轟並形成一道保護牆，也瓦解所有小蜜蜂飛彈的攻勢。

「還沒完！？」我察覺到三點鐘方向傳來極熱的溫度，轉頭一看，竟是足以吞噬整個人的螺旋噴射焰向我們狂暴衝來。

想當然，我舉起了右手。

「靈盾！」

轟！

靈盾與螺旋火焰應聲撞擊，但火焰並沒有因此散開來，反倒是像高壓的消防水柱不斷用向我衝擊，看樣子，一定有個強大的火焰發射器擺在我三點鐘方，向我方不斷發射螺旋火焰。

此時此刻，身在火焰中的我無法看清火焰發射器的正確方位，無法操縱小黑至正確位置打爆它，而火焰強大的壓力更無法使我左右移動來避開，一有偏差，便被螺旋火焰沖掉而葬身於火海。

「有沒有提示啊？」我對著天花板大喊。

憨憨良射這螺旋火焰一定有他訓練我的目的，想當然也有破解這攻擊的辦法。

「提示啊，跟你說唷，這火焰的能量來源，是靈氣唷，呵呵！」

「靈氣？對了，用這招！」我靈機一動，關掉靈盾，在這瞬間我大喊：「再來吧，小黑！」

在靈盾瓦解，螺旋火焰繼續向前推進的瞬間，小黑往螺旋火焰的中心打了一拳，我與小黑同時往右邊跳，逃離火焰的衝擊範圍。

果然，結果如我所預料的，螺旋火焰不再前進，所有火焰朝小黑剛打下去的那一點竄入，不斷匯集成體積越來越大的火球。

三秒。

兩秒。

一秒。

火焰球的直徑遠遠超越螺旋火焰的直徑。

我對著焰之球的方向舉起右手：「靈盾！」

轟！

火焰球爆炸，更狂妄的焰氣如原子彈爆炸像四周爆衝，訓練室沉入火海，而我壓低身子，藏在靈盾後方。

在這強大的衝擊之下，訓練室裡應該沒有一台機器擋得住這高溫衝擊吧！

隨著煙霧漸漸散去，視野逐漸變得清晰，我向火焰發射去的方位望去，可以看見一坨黑色的團狀物，那應該就是火焰發射器被火焰吞噬後的灰燼吧。

「今天的訓練結束了吧？」我大喘一口氣，用手擦去額頭多餘的汗滴。

「結束了？呵呵！」明良用充滿疑問與挑釁的語調回我。

此時，我發現那坨黑色團狀物開始有動靜，它好像開始有了生命，開始在蠕動。

「靠！這又是什麼高科技武器？」我不自覺後退了一步，因為這東西真的讓我感到太噁心了。

「它不是高科技產品喔，呵呵！」

那坨東西像是正在被人用雙手不斷捏造的泥土，不斷蠕動與掙扎，漸漸地形狀越來越清楚，越來越像是個人形，越來越像個……

「這團爛泥巴的形狀，怎麼越看越憨，越看越像一個人！？」我大叫，下巴簡直快掉到地上。

「這不是爛泥巴啦，它是正爺最近才給我的寶貝，叫作鼻屎殭屍，呵呵。它的形狀可以任意改變喔，你看，它現在一定很帥吧？」

憨憨良形狀的鼻屎殭屍？世界之大，無奇不有，超乎想像，噁心巴拉。

「想知道這殭屍是怎麼來的嗎，很好玩的唷，呵呵！」明良的語氣充滿了挑逗，但說真的，這就跟你遇到一個長得像一團鼻屎的女生想跟你分享心事一樣，完全沒心情想聽下去。

「我一點都不想聽！」我一臉嫌惡地瞧著那坨殭屍。

「它原本是積歪的戰鬥專用殭屍喔！後來給我了，呵呵！」

「積歪以前的殭屍？為什麼正爺要給你積歪他的殭屍，不給你其他的殭屍？」一聽到是積歪的殭屍，我更覺得噁心了，難怪我就覺得那坨螺旋火焰很機歪，原來是積歪用過的殭屍的機歪特殊能力啊。

「正爺說，以我的智商，只能操縱這些以微生物和灰塵組成的殭屍，沒辦法操縱那些生前有智商的殭屍，呵呵！」

「呵呵！」我跟小黑狂點頭，這是憨憨良今天講出來第一句具有說服力的話。

「那現在，你就盡全力打過來吧！這樣我也可以訓練到，你也可以訓練到。」

「等等！我忽然想到一個很重要的問題，那就是……」我深吸一口氣，然後大喊：「你怎麼不也一起下來跟我打，一個人躲在中控室當俗仔？」

真正在戰鬥時，應該都是殭屍操縱師跟殭屍一同並肩作戰，哪有人把殭屍當作無人戰鬥機一樣在操縱，只要操縱師沒有事情，殭屍不管弄掛幾個都無所謂，像這種沒有革命情感的戰鬥，是我絕對鄙視的，而且這種行為非常的機歪。

「有哪個球隊的教練是親自下場跟球員比賽的啊？我是教練，你知道的，呵呵！」

很好，不愧是操縱著積歪前戰鬥殭屍的憨憨良，說話越來越有積歪的韻味了。

我二話不說，把褲子脫下來，用屁眼對著憨憨良形狀的鼻屎殭屍：「吃屎吧你！」

轟！

「……」

「呵呵！」

「屁啦！你的鼻屎殭屍也會靈盾？」

「拜託，這一招很流行耶！」

《殭屍人力銀行》

※

一個小時前……

有的時候，雖然經過了這麼多的訓練，但我還是不覺得自己是有能力將巨石扛起的那位英雄，尤其當我面對著棘手的問題時，自己是唯一有能力解決的那一位，在受萬人崇拜的眼神恭迎下，第一個衝出火線。

「為什麼不尋求不積歪的幫助？」

「你忘了我說過的？這世界上除了超人，沒有人擁有可以親手將子彈接下來的能力，不積歪的殭屍部隊雖然也很厲害，但說穿了，也只是一支槍法很厲害的警察小隊罷了。」

「這一次城市一定會受到摧殘，一定會有人傷亡，而不管不積歪有沒有出手幫忙，結果都一樣嗎？」

「這是我跟鄧教授討論過的作戰策略，沒有更好的方法了，去吧，英雄！」

正爺仁慈般笑笑，用手拍拍全副武裝的我的肩膀，這是他龐大作戰計畫的第一步。

小黑雙眼閃爍著沉默的藍光，無聲地發誓要與我出生入死。

左手大便棒棒棒，右手藍色指虎，身著藍色壽衣，前面印有一個大紅色正字，我已準備好一切。

根據鄧教授的計算，積歪會在今天出動殭屍，攻打殭屍人力銀行所在的城市，就是這麼簡單，詳細的計算流程與參考因子因為冗長且太學術，故不在此多做說明。

而今天作戰的目的，除了打敗積歪第一波正式的攻勢外，也想藉由作戰過程來找出積歪基地所在位置的蛛絲馬跡，報告完畢。

作戰內容：

韓枸史：操縱小黑跟積歪的殭屍誓死作戰，並擊退之。

正爺：坐鎮殭屍人力銀行作戰指揮部，審核員工薪水。

鄧教授：坐鎮殭屍人力銀行作戰指揮部，用筆電找出積歪基地的蛛絲馬跡，正常上下班，超過一般工時可報加班費。

119

　　蛾姐：在殭屍人力銀行裡當電梯小姐，正常上下班，超過一般工時可報加班費。

　　陳明良：在殭屍人力銀行裡練投籃機，正常上下班，超過一般工時可報加班費。

　　其餘殭屍人力銀行作戰指揮部員工：正常上下班，超過一般工時可報加班費。

　　作戰內容除了我跟鄧教授比較正常外，其他人都很扯，但誰叫我是英雄呢！

　　「一碗魯肉飯加沙拉。」我唸出咒語，電梯門打開，蛾姐站在電梯內用親切且恐怖的笑容送我跟小黑最後一程。

　　「還記得你的英雄稱號嗎？」正爺。

　　「當然知道，就寫在這裡。」我的嘴角上揚，用大便棒棒棒指了繡在我背後，專屬於我那兩個大大紅紅的英雄名字，走入了電梯。

　　也許有一天，世界上所有人都會知道，有一個叫作枸史的英雄，用勇氣與大便拯救了全世界。

第六章：英雄的開始

「正爺正爺！能不能冒昧請教您一個問題？」

「馬的，你的問題怎麼那麼多？」

「不要這樣啦！不要不給問啦！好嘛好嘛！」（挑眉）

「真受不了你這噁心又愛大便的傢伙。」

「這麼說您是答應囉？」

「有條件。」

「什麼條件？」

「喝下眼前這杯似乎可以增強靈力的薑茶。」

「似乎可以增加靈力的薑茶？該不會是用我的尿泡成的薑茶吧？你要我喝尿！？」

「一句話，喝不喝？」

「好好好，我喝！反正喝完後可以增加靈力也不錯！」（咕嚕咕嚕）

「喝完後感覺如何呀？靈力有沒有增加？」（挑眉）

「沒什麼感覺！可以給我問問題了嗎？」

「嗯……所以事實證明……」

「證明啥？」

「實驗證明，用蛾姐的尿泡成的薑茶喝下後對於靈力的增強沒有任何幫助。」

※

「新聞快報，本年度第一號強烈颱風帶屎已逼近本市中心，結構完整，暴風半徑出奇的和一座城市大小一樣，近中心最大風速達到每秒一百公尺，預計此颱風將會帶來大量豪雨，請各位市民盡量待在家裡，不要出門……」

「積歪真是會挑時機出動啊！」

「正爺，你覺得這次，我有沒有能力應付啊？」

「英雄從來不懷疑自己的能力，你一定可以做得到的。」

距離恐怖攻擊前兩小時，殭屍人力銀行地下一百層樓，正爺辦公室。

電視裡，新聞不斷播報颱風來襲的消息，而我卻只聽到自己心跳的聲音。

這次去迎戰，我還會活著嗎？

正爺一如往常地喝著薑茶，從容不迫。

鄧教授低著頭，認真地打著電腦，不知在計算著什麼。

「新聞特報，新聞特報，各國政府同時接到一封恐嚇信，寄信者名字叫作積歪。信中內容提到：世界各國政府必須讓出統治權，否則出動殭屍殺死所有人，真的很機歪。但目前世界各國政府態度仍很堅定，誓言要與名為積歪的傢伙和他的殭屍大軍奮戰到底。」

「我的預測還蠻準的吧！」鄧教授抬起頭來瞄了電視機一眼，露出自信的笑容。

根據鄧教授的預測，兩個小時後，積歪所率領的殭屍將會降臨市中心，在那之前，我必須先站在市中心最高的大樓樓頂，準備迎擊。

因為鄧教授說，殭屍會直接從天空掉下來。

怎麼預測的，說實在，我也不清楚，搞不好，鄧教授真的有預測未來的特異功能也說不定。

根據他的預測，兩個小時之後，我就要正式上場面對積歪的恐怖殭屍，但最緊張的是，連殭屍長什麼屍樣、有多強，我都不知道。

如果我遇上的是超人殭屍，那戰鬥場面肯定很壯觀。

一想到要上場了，我就緊張得有點想拉屎，但現在的我，已經可以把拉屎的感覺轉換為靈氣爆發出來，這都多虧我那天才又很憨的教練。

說到教練，對了，我的指導教練憨憨良現在在幹嘛？要作戰了，想必他也會參一腳，八九不離十，在作戰鬥前準備工作。

「一如往常，在玩投籃機。」正爺用手指了隔壁擺放了一百台投籃機的娛樂室。「馬的，都要打仗了，他不緊張嗎？還有心情玩？」一聽到明良還在爽爽過日子，心裡一股屁火油然而生。

「憨憨良他說，自從上次被你把屎注入他的腦袋後，就忘了什麼是緊張，這對於現代人生活緊張和壓力大所造成的各種精神疾病而言，用你的屎灌他們的腦袋，無非是一種革命性的新療程，我正打算在你打敗積歪後，用你的大便去申請多國各項專利呢！」正爺的眼神裡充滿著錢的符號，什麼跟什麼嘛！難道大家都是樂天派？

「你們都不緊張嗎？」我擺出便秘的臉色，對著正爺說。

「有十足的把握，為什麼要緊張？」正爺義正嚴辭地回我。

「把握嗎？老實說，我不清楚。」我對著正爺搖搖頭。

「如果這世界上，只剩你一個人可以拯救大家，你還是對你自己沒信心，那麼這世界就真的沒救了，你也失去當英雄的資格，因為……」正爺深吸一口氣。

「因為只有在最艱困的時刻、最不可能度過的時刻、最糟糕的時刻，會不顧一切犧牲自己拯救一切的人，才是英雄。枸史，你在殭屍人力銀行的工作職稱是什麼？」正爺用堅定的眼神看著我。

「英雄。」

「大聲點！」

「英雄！」

「記住，現在，英雄只是你在本公司的職稱，總有一天，它會是這世界給你的代號。」

「我知道了！」我狂點頭。

「在這之前……」

「嗯？」

「你先喝下眼前這杯似乎可以增強靈力的薑茶吧！」

馬的，這次又要叫我喝誰的尿？

※

距離恐怖攻擊前五分鐘。

市中心最高的一棟大樓，殭屍人力銀行大樓頂樓陽台，壽衣曬衣場。

天空烏雲密佈，飄落微微細雨，橫著飄，因為風超大。

雖然殭屍人力銀行主要機構位於地下，但正爺說，仍有些許比較不重要的部門位於大樓中。

舉例而言，韓枸史個人專用辦公室，馬的。

嚴格來說……整棟一百層樓高的大樓，只有一層有辦公室，就是我的。

「一百層樓耶，視野超好的，而且地坪一千坪超大，而我的辦公室在地下一百層樓耶，就算是很大，也是什麼風景都看不到，真羨慕你！」正爺是這樣笑著對我說的。

羨慕我的話，那身為老闆的你，為什麼不把自己的辦公室調來真正的一百層樓，要龜在地下？

「你說一百層樓？那遇到積歪恐怖攻擊時，先遭殃的不就是第一百層樓嗎？哈哈，你當我白癡啊！」正爺是這樣笑著對我說的。

所以我才是白癡就對了。

言歸正傳，頂樓陽台的風很大。

所有的壽衣跟曬衣架都不見了，應該都收起來了。

一百坪的平面頂樓陽台很空曠，除了我跟小黑之外，還有一台很大的綠色卡車，卡車上裝載著類似飛彈發射器的東西，真詭異。

卡車內坐著一個穿著迷彩服的軍人，染著帥氣的金髮，還戴著墨鏡，看樣子應該是帥氣的軍人。

想不到連軍方都展開佈署了，這一定是政府不甘示弱，所以要跟積歪作戰到底吧！

跟軍隊一同作戰，感覺真是熱血。

我索性走近問他：「哈囉，阿兵哥，你們有多少人部署在市中心，要打積歪的殭屍啊？」

「我一個人。」他帥氣地回答我。

「你一個人？沒其他人了嗎？難道你也是跟我一樣是英雄嗎？」一想到這，我心裡頭更興奮了。

「我沒必要回答你。我的工作很簡單，就是打殭屍。」他用高傲的態度再一次帥氣地回我，他的言行中不時透露出英雄霸氣橫瀾的氣魄。

政府竟然派出一個超強的軍人同我並肩作戰，一想到那作戰的畫面，我就慷慨激昂到久久無法自我。

「你好，我叫作韓枸史，叫我枸史就好了，站在一旁的是我的戰友小黑，他是我操縱的殭屍，能夠跟您作戰，我真是感到萬分的榮幸。」我對他行了個軍人禮。

「別那麼多廢話了，把說話的力氣用來打殭屍吧！」他戴著墨鏡，自顧自凝視著擋風玻璃前方，沒正眼看過站在車窗旁的我，真是有英雄英雄加英雄的帥氣作風啊。

真是不知道他對付殭屍的本領是什麼，搞不好他是個駕駛兵，等等他開的卡車一定會變形成機器人跟殭屍對打，超帥氣的啦。

轟！

此時，一道閃電從天空劈出，將我澎湃的思緒拉回備戰狀態。

「來了嗎？」我緊盯著天空。

在閃電之中殺出一道黑影，漸漸逼近，漸漸逼近，黑影輪廓漸漸清晰，類似一架戰鬥機的身影盤旋在我們上空。

我凝神一瞧，但隨即下巴差點掉到地上。

「翼手龍……殭屍？」我嚇到手中緊握的大便……棒棒棒也幾乎要鬆脫。

戰鬥的時候到了，絕對不能有任何一絲恐懼，英雄，沉住你的氣。

嘶……

飛彈發射的聲音在我後方發出，我轉頭。

「不給對方任何出場白的時間，就準備秒殺對方，真是英雄啊。」我看著從卡車上飛彈發射器發射出長度足足有十公尺多的飛彈升空，追向翼手龍殭屍。

轟！命中紅心。

無比強烈的光，伴隨著強大的震波和風壓由高空壓下，逼得我和小黑蹲下。

奏效了嗎？

我看著天空裊裊黑煙逐漸散去，影像再度清晰。

「我說阿兵哥大哥啊，你的攻擊好像沒什麼用耶！」我指著天空依然像是水缸裡的金魚悠然自若地盤旋的翼手龍，對著阿兵哥大喊。

只見阿兵哥二話不說，開了車門，走下卡車，向我走過來。

「怎……怎麼了嗎？」我皺著眉看著他。

「下班了。」他面無表情地說著，然後與我擦身而過。

「你不是要打殭屍嗎？怎麼打一發就走啦？殭屍還在飛耶！」我指著天空大喊。

「我的任務就是，用目前國家最強大的火力對殭屍進行攻擊。」他忽然停下來，背對著我說。

「這我知道啊，重點是為什麼不打了呢？」我聳聳肩。

「總統下令說，先派一個人用本國最強火力攻擊殭屍，若沒效就放棄，因為沒效就代表所有軍隊都配備最強火力攻擊了還是不會管用，只會浪費國家資源，所以之後把這工作交給一個很會大便的人就行了。」他轉身把墨鏡拉下，對我白了一眼：「就是你嗎？」

政府還真現實啊！看來我這個英雄的存在還是很有價值的，嗯，我對自己一定要有信心。

「真是帶屎，被長官派來這裡射殭屍，不過還好攻擊不管用，現在我可以好好回家睡覺了，晚安。」他轉過去，手一揮，背對著我說帥氣的再見，然後打開通往樓下的鐵門下樓。

喀啦！

「馬的，還鎖門。」我的嘴角無奈地顫抖。

來這裡打殭屍的工作是有多帶屎？應該要感到很光榮才對呀！

不過他好像說的沒錯，我帶的屎是蠻多的沒錯，大部份都在肚子裡。

他一定是一個禮拜沒大便了，才會被派到這裡打殭屍，真是有點同情他。

「好久不見。」一個熟悉的聲音如在天空裝了擴音器般從天而降。

「積歪？」我抬起頭搜尋著天空。

難道他坐在翼手龍殭屍上控制著它？然後在翼手龍背上裝一個大聲公對著我吼？

然而機歪的積歪並沒有給我太多思考的空間，那隻翼手龍便迅速地對我展開攻勢。

牠對著我俯衝而來，似乎是想要直接撞上我。

我跟小黑肩並肩，小黑展開戰鬥架式，而我手中的大便棒棒棒正準備好隨時往翼手龍狠狠 K 上去，讓牠腦袋吃大便。

叮叮叮叮叮！

「！？」我的雙眼瞪大。

我與小黑同時分開，往兩旁滾。

無數屋頂碎片揚起、飛濺。

像是機關槍子彈從翼手龍身上發射出，翼手龍殭屍對著大樓屋頂俯衝掃射，難道積歪在翼手龍背上不只裝了大聲公，還裝了機關槍？

閃過第一波攻勢後，我蹲著大喘一口氣。

「積歪，你真的很下流，不公平，使用額外的武器對付我們，而且還是槍，卑鄙無恥下流！」我對著飛回天空的翼手龍殭屍大喊。

「先生，你拿著一隻會把大便注入別人腦袋的棒子當武器，就很高尚嗎？」積歪的聲音充滿著不悅。

「對厚。」我笑著抓抓頭。

「而且剛剛的攻擊根本不是機槍，而是翼手龍殭屍的特殊能力。」

翼手龍殭屍攀爬到最高點，再度對著我們準備俯衝。

「特殊能力？」我咬著牙，狠狠瞪著翼手龍殭屍，開始醞釀體內的便意。

叮叮叮叮叮！

「喝啊！」我半蹲，兩腿開開大便姿勢一百分，靈氣從每個毛細孔竄出。

我的戰鬥意念，像放出來點了火的屁，熊熊燃燒。

我抬頭瞪大眼，看著越來越慢向我襲來的子彈。

「原來如此。」我的嘴角上揚了。

我舉起右手，指虎緊握，「這很簡單，靈盾。」

砰砰砰砰砰！

翼手龍發射的指甲在我的靈盾前撞擊得支離破碎。

「真低能的特殊能力。」我不禁嘆了一口氣，看來對手沒我想像的強，只要有小黑跟我並肩作戰，這一場應該是可以輕鬆拿下的。

「當然低能，因為我派的是很弱的殭屍。」

「低能殭屍？難道這不是超人殭屍？」我大驚，括約肌不自覺地緊縮。

「差很多阿，這些只是我去搶劫世界各地考古學家挖掘到的完整恐龍標本製成的殭屍啊，在幾億年前，爬蟲類輸給了哺乳類，所以強弱，你知道的。」

難怪攻擊對我一點用都沒有。

「那你拿這低能殭屍想來對付英雄，你不覺得是不自量力嗎？」我對天空比了中指。

「這很明顯，我的目標不是你。」說完，天空再度劈下數道閃電。

從數道閃電中，飛出了一、二、三、四、五隻翼手龍殭屍？

「有五隻翼手龍殭屍？難道你一次可以控制五隻殭屍？還是你網羅到更多的殭屍操縱師，加入你的機機歪歪壞組織？」我狂吼，身上的靈氣在我四周狂暴膨脹開來。

「殭屍操縱師一次只能控制一隻殭屍，所以其他四隻，你知道的。」

積歪這句話到底在暗示什麼？我壓抑自己暴躁的情緒，冷靜下來，看著天空飛的五隻翼手龍殭屍。

「完蛋了。」這一次我真的慌了。

因為五隻殭屍裡，只有一隻殭屍眼睛是發著藍光，其他四隻，都是散發出⋯⋯紅光？

「有四隻殭屍是暴走狀態。」我大叫，完全不知所措。

暴走的殭屍會做的事情就是破壞，把所有一切破壞殆盡，而牠們現在可以破壞的，就是站在我腳下，這座城市。

「憑我一個人，真的無法同時對付這麼多殭屍啊。」我抱著頭大叫。

「我的目的很簡單，那就是讓這世界的人，微微的嘗到恐怖的滋味，至於會恐怖到什麼程度，就真的不是我所能控制的。」

我以為，天空就只會掉下一隻殭屍，太天真了。

咧咧咧咧咧！

咧咧咧咧咧！

咧咧咧咧咧！

咧咧咧咧咧！

咧咧咧咧咧！

我看著五隻翼手龍紛紛使用特殊能力，將指甲對著牠們的目標發射，裡頭卻只有一隻的目標是我，其他的目標都是這座城市的街道和大眾。

「靈盾！」

砰砰砰砰砰！

「殭屍會飛，你會嗎？會的話，才可以去打其他四隻殭屍喔！」

「太機歪了！」我咬著呀，眼角微微溢出不知所措的眼淚。

整座城市，開始傳出人們驚慌失措的尖叫聲。警報聲也四起。

「想當英雄，先解決你的對手再說吧！」說完，又是一陣攻擊。

不管了，先打再說。

「要上囉，小黑。」站在一旁的小黑抬起頭，雙眼綻放的藍光清澈無比。

翼手龍正對著我發射指甲。

我微蹲，然後用力往上一躍，正對著指甲與翼手龍向天空奔去。

「靈盾。」

指甲在我眼前瞬間化成虛無。

接近殭屍，在兩者直線對峙的瞬間，我掄起左手的棒子高舉。

「哈哈，吃屎吧！」我猛力一揮。

靠夭！

我忘了這隻翼手龍是遙控狀態，會轉彎的。

「讓翼手龍白白送給你打，你當我白癡啊！」

翼手龍以四十五度角的射線躲開我的揮擊，躲向一旁，而我卻只能像個白癡一樣，在天空中直線往上飛，表演超高水準的昇龍拳。

「跑不掉了吧！準備菊花朵朵開吧！」

我往下一望，發現在下方的翼手龍轉身回頭再度對著我，的屁眼。

吒吒吒吒吒！

「就是現在！」

我命令小黑縱身一躍，朝著翼手龍的方向直線追去。

我將右手放在屁眼前使出靈盾，就在此時此刻。

「再來吧，小黑！」

在小黑與翼手龍急速錯身而過的瞬間，二十拳對著牠附近的空氣亂轟，遠離，再急速的追上我。

我踩上小黑的肩膀，我們以極快的跳躍速度遠離翼手龍的爆炸波及範圍。

轟！

翼手龍殭屍在俯瞰的視野下，如中彈的戰鬥機，往一旁墜去。

「牠應該被小黑的隔山打牛定時炸彈轟得失去戰鬥能力了吧？看來用不到我的大便了。」我咧嘴一笑，笑看這世界的遼闊。

等等，視野怎麼這麼遼闊？而且殭屍人力銀行大樓的樓頂離我們越來越遙遠，越來越偏！

我忘了我剛剛跳很高，現在不知道飛在幾層樓了，而且，照這種狀況，我們一定飛回不了殭屍人力銀行大樓樓頂，而是會直接往下墜，直達地面。

「挫賽。」我兩眼開開，準備和小黑一起投胎。

看來我這英雄真的要殉職了，而殉職的原因竟然是一項高度突破金氏世界紀錄的超華麗昇龍拳式跳樓自殺，真是蠢斃了。

此時，天空離我不遠處出現一個黑點，越來越大，像是有個物體正朝著我們飛過來。

該不會又是另外一個殭屍了吧？

如果是，那就太好了，因為這樣，我的死法就可改為因出任務而犧牲死在敵人手上，光榮多了。

我們開始往下墜，心裡湧出像是坐雲霄飛車般的刺激感，唯一不同的是，坐雲霄飛車是一路上都很安全，而我們的狀況是在到達地面之前都很安全。

那一個不明飛行物，在要追上我們的不遠處，忽然直線往上飛，直達我們的頭頂。

「難道他要在我們上方放大絕？」雖然身體在半空中會不由自主地亂飄亂晃，我們還是擺出勉強可以看的戰鬥姿勢，就算要死了，死之前還是要奮戰到底。

那疑似殭屍的不明飛行物體對著我們直線俯衝，我將靈氣瞬間釋放。

距離一百公尺，五十公尺，十公尺，五公尺，三公尺，世界所有一切的運行變得更緩慢。

此時，我看清楚了朝我們飛來的不明飛行物體，真的是殭屍。

正確來說，是一個長得很像殭屍的活人。

與我相同，都穿著深藍色壽衣，壽衣背後印有一個大大的紅色正字，一手擺在頭前，張開手掌，另一手以同樣的姿勢放在身後，身上揹著球棒。

「蛾姐不愧是蛾姐，像蛾一樣會飛。」我對著她拍拍手。

「等等我會飛到你們下方並轉向，記得踩在我的背上。」蛾姐大喊，朝我們下方繼續奔去，最後以與我們相同的下墜速度位於我的腳下。

「妳撐得住嗎？」我把腳小心翼翼地墊在蛾姐背上。

「當然，我是誰啊。」

飛行方向旋轉九十度，平行地面。

就這樣，我蹲在一具會飛行的假殭屍背上，我的肩膀上又踩著另一隻真的殭屍。儘管現在整座城市壟罩在整個帶屎颱風的暴風圈下，仍不影響蛾姐飛行的靈活性。

「蛾姐妳好厲害，妳是怎麼飛的呀？」我仔細端詳著蛾姐超帥氣的飛行姿勢。

她右手打開，手掌擺在頭前，類似發出如來神掌的架勢，左手也是出掌擺在屁股邊，一前一後。

「右手擺在前使出吸星大法，可以讓我被氣流帶著向前走，同時也具有操控方向的功用，擺在屁股的左手呢，就是另一招啦！叫作 Anti-吸星大法，簡單說，就是跟吸星大法相反，是一種把空氣噴出去的招數，這招主要是提供飛行的動力唷，厲害吧！」

「Anti-吸星大法，就是把屎灌回我屁眼的那招，對吧！」說到這裡，屁眼不自主打了個冷顫。

「是啊，喝啊！」她左手一使勁，更加速向前衝，而我本能反應的用一隻手按住屁眼，畢竟有陰霾。

此時的蛾姐像是起飛的戰鬥機，以四十五度仰角離地起飛，地面的視野再度變得渺小，頓時令我腎上腺素激增，我的腸子再度興奮起來。

最後，蛾姐降落在一個高約四十層樓的大樓屋頂，把我們放下。

她從口袋拿出一個無線單邊耳掛式耳機給我，說：「這個通訊器可以直接跟總部連絡，總部出了點小意外，總之，你先跟鄧教授連絡一下吧！」

「意外，什麼意外？」我一臉疑惑的將耳機戴上。

「意料之外的事情，叫作意外。」此時，而機裡傳來鄧教授的聲音。

「我先去解決那五隻翼手龍殭屍，其他的就交給你了。」蛾姐揹著球棒往大樓旁一跳，擺出了飛行姿勢，飛離大樓。

「一邊飛行，一邊用球棒在天空跟殭屍對戰，真熱血。」我呆呆望著蛾姐漸漸縮影的身影，心中澎湃不已。

「感動就留著任務結束再來，現在，先讓我跟你分析一下現況。」鄧教授。

「也對，現在情況看來有些失控，難道這也在鄧教授您精準的掌握中嗎？」說真的，每次鄧教授的預測都精準的讓人興奮，所以情況不管多糟糕，也一定都在他的神算當中。

「說真的，這次出包了，嗯……真的。」鄧教授似乎語帶尷尬。

「蛤？」我拍拍耳機，是當機了還是我聽錯。

「我以為，這一次只會出現一隻殭屍，所以只派你去應戰，想不到來那麼多隻。」

「什麼你以為，你不是神機妙算的鄧教授嗎？」聽到他這番話，我氣急敗壞地大罵。

他不是正爺花大錢請來的大將嗎？他的價值在哪裡呢？

我的時薪才三塊錢耶，戶頭裡只剩三十塊錢，要等到利息滾滿一百塊才能領出來用耶，這個領高薪的怎能說出錯就出錯呢？

「我的電腦預測結果是正確的呀！只是當時我在挖鼻屎。」他趕緊反駁我，我看是狡辯吧！

「什麼你在挖鼻屎？難道你一挖個鼻屎，預測結果就會出錯嗎？」我大吼，他的預測每次都很扯，預測錯誤的理由更扯。

「正是如此。」他的聲音氣定神閒，看來是對自己的理由充滿自信。

「好啊，我正想聽聽看，您為什麼挖個鼻屎就會預測錯誤呢？能不能請專業的鄧教授詳細為我敘述呢？」我讓情緒平靜下來，好聽聽他是怎麼狡辯的。

哼！有好戲看了。

「原本，經過精準的計算，我的電腦顯示這一次將會出現一百隻殭屍，只是碰巧在預測結果顯示的瞬間，我將鼻屎挖出來到食指指尖上，而我又有彈鼻屎的習慣，於是就隨便一彈，誰知道就這麼精準地彈到了螢幕上顯示一百隻殭屍的一百上，一百的中間下方位置，於是數字看起來就變成了一點零零隻。所以，我以為這次只會出現一點零零隻殭屍，然後剛剛拿拭鏡紙在擦螢幕的時候才發現大事不妙。嗯，以上。」

「……」我忽然感覺大樓樓頂有一陣冷風吹過。

我只能說，鼻屎來的真是時候。

「沒關係，出點小問題而已，接下來的一切狀況，想必神算的鄧教授您可以預測了吧？」我用顫抖的聲音說著，額頭開始冒冷汗。

「當然可以。」

「太好了。」我整個人跳了起來。

「如果時間夠的話。」

「你這是什麼意思？」我緊張的抓著耳機麥克風大喊，好不容易暖活的心又再度涼了起來。

「往往，要精準預測一件事情，須將許多考慮到的因素盡可能的輸入電腦，考慮到越多因素，預測到的結果就越精準，但也需要花更多的時間。在預測的過程中，一旦有一件事情在意料之外，接下來的預測結果也將不可掌握。」真是專業又偏僻入理的分析啊，鄧教授。

「意料之外的事情，像什麼？」

「像是我把一百隻殭屍看成一點零零隻殭屍而做出了錯誤的策略決定。」

「所以你的結論是，接下來的情況都在你的掌控範圍之外嗎？」

「正是如此。」

我的心猶如大便大完才知道身邊沒有衛生紙一樣，不知所措

「那，接下來你有什麼建議。」我抱著絕望的心情，向鄧教授祈求最後一絲可能的希望。

「接下來的作戰策略只有一個。」

「哪一個？」

「自由發揮。」

一切靜止了，耳裡不再傳來希望，聽到的，只有大樓頂上狂風颼颼的咆嘯。

最後一絲可以攀附的希望沒了，那接下來，我到底該怎麼辦呢？

我雙手抱著頭蹲了下來，眼眶開始泛出絕望的淚水。

一百隻殭屍，假設在最好的狀況之下，蛾姐幹掉了空中剩下的四隻，又假設蛾姐毫髮無傷、體力值仍然為百分之百，那麼接下來，她與我並肩作戰擊敗其他九十五隻殭屍的機率……真的超級不樂觀。

轟轟轟轟轟轟轟轟轟轟！轟轟轟轟轟轟轟轟轟轟！
轟轟轟轟轟轟轟轟轟！轟轟轟轟轟轟轟轟轟轟！
轟轟轟轟轟轟轟轟轟！轟轟轟轟轟轟轟轟轟！
轟轟轟轟轟轟轟轟轟！轟轟轟轟轟轟轟轟轟！
轟轟轟轟轟轟轟轟轟轟！轟轟轟轟轟！

天空煞時被閃電所激出的亮光依序填滿成慘白，仔細聆聽閃電的霹靂聲，總共有九十五聲。

　　我慢慢站起來，望著烏雲密佈的天空，整座城市的上空開始出現各個黑點，有些黑點像灰塵似的在空中盤旋，有些則像流星般直接墜入地面。

　　看來，我最不想接受的結果真的發生了，為什麼「‧」不是真的小數點，而是鄧教授的鼻屎呢？

　　另外九十五隻史前殭屍，恐怖降臨。

　　「接下來，到底該怎麼辦？」我咬著牙，想阻止放肆流出的眼淚，卻無能為力。

　　「接下來，就是英雄出場的時刻。」另一個熟悉的聲音從耳機裡傳出。

　　「正爺，可以告訴我該怎麼辦嗎？」我像個小孩，一邊哽咽，一邊硬要撒嬌。

　　「我們真的無能為力了，那麼枸史你說說看，什麼樣的人是在其他所有人都無能為力時，會挺身而出救大家的？」

　　「是英雄。」我低著頭說，眼淚還是不爭氣的掉。

　　「把我曾經對你說過的話，再說一遍。」

　　於是我把眼淚跟鼻涕擦一擦，開始說：「英雄的人生總是多災多難，於是英雄懂得多災多難的痛苦。」

　　「大聲一點。」

　　「因為英雄懂得多災多難的痛苦，懷有正義感的英雄便想拯救這多災多難的世界。」我奮力地壓抑住自己無助的情緒。

　　街道上，民眾驚慌失措的尖叫聲變得更喧嘩。

　　「我這一生注定是英雄，所以我的人生多災多難。」

　　一隻雙眼綻放紅光的翼手龍出現在我前方，對著我俯衝，牠鎖定破壞的目標是我。

　　「所以我注定要拯救這多災多難的世界。」我對著翼手龍殭屍怒吼，舉起棒子。

　　和第一次在殭屍人力銀行的辦公室裡一樣，積歪的殭屍正朝著我攻擊。

和那時的我一樣，我知道，我不會試著逃跑的。

因為，我是英雄，我要拯救這世界。

子彈激射而出。

鏗鏗鏗鏗鏗鏗鏗鏗鏗鏗鏗鏗！

我沒再舉起右手使出靈盾，而是掄起左手的棒子，像是打棒球般，將所有子彈打了回去。

「再來吧，小黑。」我低著頭沉吟。

在說完這句話的同時，小黑已跳躍至翼手龍殭屍身旁，並送了十幾拳隔山打牛定時炸彈，然後錯身。

轟！

翼手龍殭屍中彈後，朝著我往下墜，而我已就緒。

「請告訴我，殭屍的要害在哪裡？」

打擊姿勢，Ready！

耳機裡傳來鄧教授的聲音：「跟許許多多的動物一樣，控制中樞在腦袋，把大便灌入腦袋，一切就好辦了。」

十公尺。

五公尺。

三公尺。

一公尺。

碰！

鏗！

咬中球心。

牠的身體直接墜在我身旁，而冒著煙的頭被我擊出，飛至天空上，直到消失成一個小點。

「都死了幾億年了，還要幫壞人做事情，所以你一定很氣，對吧？」我對著牠沉靜地微笑。

就這樣，只剩冒著煙的頸部和再也不動的身體，在幾億年後終於得以安詳了。

「目前蛾姐擊敗了四隻翼手龍殭屍，加你總共五隻，所以，還有九十五隻殭屍。」耳機傳來總部那裡最新的戰況匯整資訊。

「九十五隻啊，看來真是個必須努力的數字呢！」我低著頭說，依然靜靜的。

此時，從頂樓掉落至地面的小黑，以驚人的速度爬上樓頂與我會合。

看來，我的靈力增強後，被控制的殭屍也會因為操縱師的靈力而變得更強。

這時的我感覺到，心裡似乎有扇門被關起來了，然後又有另一扇門被打開了。

被關上的門叫作懦弱，被開啟的門叫作勇氣。

我看著這城市的景象，無數高樓大廈依序地倒塌，許許多多都市叢林的巨石紛紛傾圯，災難降臨。

「真正關於英雄的傳說，或許現在才開始呢。」我靜靜地說，呼吸不再有任何恐懼與失措的起伏。

《殭屍人力銀行》

第七章：帶屎出擊

「先生先生，可不可以請教您一個問題啊？」

「你哪位？」

「我是路人甲。」

「請說。」

「你揹在身上的這支棒子好帥喔。」

「是啊，這支棒子可是用來打殭屍的喔！」

「打殭屍？哈哈你白癡喔，我從小到大沒聽說過球棒可以拿來打殭屍的，哈哈哈！」

「……」

「哈哈哈！而且還叫作大便棒棒棒，這支球棒是用大便做的嗎？哈哈哈！難道你都用大便打殭屍嗎？哈哈白癡，哈哈哈哈哈！」

「……」

「哈哈哈哈哈！」（笑到滾地）

「而且這支球棒不只可以打殭屍，平常還可以拿來按摩頭部，只要拿球棒在頭上敲個幾下，就會很舒服喔，可以紓解現代人很大的生活壓力喔！」（遞球棒）

「真的嗎？我拿來用看看，哈哈哈！」（邊笑邊敲）

三秒後……

「啊啊啊啊啊啊！」（抱著頭在地上打滾）

「哼，腦袋裝屎的白痴！」

※

「很多事情，就算是無能為力了，還是要盡力去做，因為若不盡力去做，怎麼會知道自己是不是真的無能為力？也或許很多時候，在你盡力去做的時候，才會發現自己原來還蠻厲害的，很多的潛能也都是在盡力去做的同時才被發掘出來。也就是說，唯有盡力去做，才會擁有無限的可能，包含超越自己的潛能。所以，我們繼續下一個題目吧！」

不知怎麼的，腦海裡忽然回想著當年高三時在補習班，數學老師邊教學邊說著人生大道理的橋段。

也可能，他那時的話很符合我現在的狀況吧！

題外話。

城市中，某棟大樓樓頂。

風很大，比剛才大很多，吹得我快站不住腳。

天空越來越暗，使得那些在天空飛的殭屍，充滿殺意的紅色雙眼變得更清晰嚇人。

「出擊吧！」我和小黑站在樓頂圍欄上，一起往下跳。

隨著強風把我們往橫一帶，我們以四十五度角的方向墜落。

快到達地面時，我翻了個身，對著地面使出靈盾後，和小黑安然無恙地降落。

看樣子，現階段只能一隻一隻慢慢打吧，九十五隻，總有打完的時候。

我看著前方一棟被剷平的平房：「看來真如我所想的，不只是有翼手龍殭屍。」

正確來說，這房屋是被壓平的，被一隻眼睛綻放著藍光的雷龍殭屍壓平。

「再來玩吧！牠可比翼手龍殭屍強很多喔！」那隻雷龍殭屍看著我，發出積歪的聲音。

雖然我也很想跟恐龍玩，一想到我跟雷龍玩丟接飛盤的溫馨畫面，我就感動得久久不能自我，只可惜……

「只可惜我現在還沒下班。」嘴角上揚，棒子舉起，腳步抬起。

我衝！小黑衝！

噠噠噠噠噠！噠噠噠噠噠！

我跳！小黑跳！

我往雷龍的頭飛去！小黑往雷龍的頭飛去！

我往鐵鎚的頭飛去？小黑往鐵鎚的頭飛去？

「怎麼變鐵鎚了？啊啊啊！」看著眼前不可思議的怪異景象，但我還是只能選擇高舉棒子，然後轟下。

吭！

「再再再再再……」在棒子往鐵鎚的頭上轟下去的瞬間，手上傳來一震酥麻感。

為什麼雷龍的脖子跟頭會變成無敵大鐵鎚！？

「你知道的，每隻殭屍都會有特殊能力的。」鐵鎚殭屍又變回雷龍殭屍，用牠深邃的藍眼睛對我眨呀眨的。

「安娘尾。」我蹲在地上按著還未恢復知覺的左手。

因為牠的特殊能力，使得我連「再來吧，小黑」都無法完全說出，看來得想個辦法來應付牠的特殊能力。

若打頭不行，那就打身體吧！用大便讓牠溶化也行。

「喝啊！」我舉起棒子，因為英雄還沒下班。

十分鐘後……

握著棒子的左手已經顫抖到不行，幾乎就快要鬆脫，而棒子內裝載的大便似乎已經完全用完，而小黑的隔山打牛定時炸彈也無法對牠產生一擊必殺的效果。

「不公平，你開密技！」我呆呆看著雷龍身上被大便腐蝕後的傷口復原，心中無力感頓時湧出。

「不服氣的話，就用大便把整隻雷龍殭屍溶化吧！但是結果，你知道的。」

說時遲那時快，雷龍殭屍的大鐵鎚在瞬間瞄準我狠狠砸下。

我因為心智不斷操控著小黑而分神，並沒有注意到自己正呆呆地站在鐵鎚落下的紅心位置。

我只感覺臉上一陣極強的風壓，伴隨著逐漸擴大的黑影。

若不擋下這一記攻擊，我鐵定成為一灘爛肉泥。

我對著即將壓下的鐵鎚伸出右手，右手上緊握著的指虎綻放出耀眼的藍光，身上的靈力頓時往右手處集中。

「靈盾，開啟。」

「靈盾，開啟……」

「靈盾，開啟？」

「！？」

碰！

「嗚……馬的。」我躺在地上，用手擦去止不住的鼻血。

為什麼使不出靈盾，難道我的靈力用光了嗎？可是我明明就還覺得很有力氣的。

我慢慢的站起來，從一個直徑三公尺的圓形凹洞中站起來。

「第一次整個人被那麼大支的鐵鎚槌下去，感覺如何？一定很高興，對吧？對吧對吧？」雷龍殭屍笑咪咪的看著我，邊笑邊跳，像個小孩子一樣。

可惡，現在積歪一定一個人在秘密基地玩得很開心。

「為什麼我使不出靈盾？」我低聲對著耳機說。

「很簡單。」鄧教授的聲音。

「想再來一次爽快的感覺嗎？」說完，雷龍殭屍的頭又變成鐵鎚，向我轟下。

「喝啊！」我瞬間將體內的靈氣爆發出來。

「這樣的靈氣應該夠了吧？靈盾！」我使出右手對著大鐵鎚大喊。

鐵鎚離我剩十公尺……

鐵鎚離我剩五公尺……

鐵鎚離我剩三公尺……

「枸史，您的指虎，沒電了。」說時遲那時快，鄧教授將無法使出靈盾的原因告訴我。

「……」

碰！

「嗚……為什麼？」我再次躺在地上，用手擦去止不住的鼻血。

「所以，請您更換電池後，就能再次使用。」鄧教授在耳機內說出了精闢又專業的見解。

「你當我現在是在玩遙控飛機嗎？沒電還要換電池？」我大罵，靈氣再次爆發。

機歪的積歪完全不給我喘息的機會，瞬間大鐵鎚再次降臨。

看來這一次……

「只能逃了，啊啊啊！」我向後轉，和小黑火速逃離大鐵鎚的攻擊範圍。

後方傳出鐵鎚撞擊地面的極大清脆聲響，伴隨著風壓，很難想像，我遭受到這樣的攻擊兩次後，還能活下來，真的是屎運來的。

我和小黑迅速逃到大樓轉角藏匿，忍住大便的情緒並將靈氣收回，兩人身體緊靠著牆。

「訓導處報告，訓導處報告，韓枸史出來面對。」天空傳來訓導處的……馬的，是積歪機歪的廣播聲。

「該出來面對的是你吧！不知道躲在哪裡操控殭屍的鱉三！」我朝著天空的烏雲大喊。

「沒辦法，殭屍太多，作為一個專業的壞人老大，你知道的，總得讓身邊的小囉囉都先死光，自己才有出場的機會。不過，現在看來好像沒這個必要，因為光是用死了幾億年的殭屍小囉囉對付你，都綽綽有餘了，還要我出場？」最後的尾音還上揚，真是諷刺的找死。

「可惡……」我緊閉雙眼，緊握著指虎的手感覺都快要滲出血來，好想用盡全力打敗眼前所有的敵人，但真的，真的不是對手阿！

轟！

建築物上方被化成鐵鎚的雷龍轟了一記，破碎的磚瓦礫石朝著我們落下。

「找到你了，還想逃？」

「打我阿，笨蛋。」我和小黑迅速往前跑，並左右閃躲異手龍與雷龍殭屍的突襲。

在此時，我發現不遠的前方有一座地鐵入口，這可是這時躲避攻擊的最佳防空洞。

「衝阿！」

噠噠噠噠噠噠噠噠！

入口剩五公尺。

入口剩三公尺。

入口剩一公尺。

後方天空忽然出現一隻超巨型翼手龍，對著我們發射超巨型指甲機關炮。

我和小黑奮力一跳，衝進地鐵入口，連滾帶爬的從樓梯滾入地鐵大廳。

轟！

在後方，入口遭受到翼手龍的空襲傾倒而封死。

「呼！差一點就中招了。」我拍拍身上的灰塵，用大便棒棒棒狼狽地撐起身體。

入口封死了，阻斷了對外的連結，剛好可以先躲一陣子，仔細擬定好作戰計畫後再打算吧！

我仔細觀望地鐵大廳，一切都完整無遭受到破壞，應該這裡是地底的關係，才倖免於難。

乾淨的花崗岩地板，牆壁上掛著一幅幅賞心悅目的藝術畫，以及仍在運作中的電力設施，冷氣與電燈繼續勤奮地工作著，跟滿目瘡痍的地面比起來，這裡宛如完全隔絕於戰火之外的烏托邦。

只是，站內一個人也沒有，難道大家都死光了嗎？

「情況如何？」耳機裡傳來鄧教授的關心。

「我剛剛跟小黑躲到地鐵站裡，不過，出口被封死了。現在我想在這裡稍作休息，擬定好作戰計畫後，再出去跟積歪的殭屍決一死戰。」

「擬定什麼作戰計畫？現在唯一的作戰計畫就是你出去外面把殭屍通通幹掉阿！還有，電池買到沒？」耳機裡傳來另一頭鄧教授理直氣壯的聲音，他們現在一定在總部悠閒的喝茶聊天，然後出一張嘴，最好是知道我的困境啦。

「還沒買到，不過，很詭異的是，現在地鐵裡一個人影都沒有，應該連商家人員都不在吧？而且很奇怪的是，剛剛在地面打鬥過程中聽到一堆市民的尖叫聲，他們理當會躲進地鐵裡避難，為什麼連一個人影都沒有？」

「這很簡單，因為我預測今天積歪會派殭屍攻擊這座城市，所以通知政府，在積歪攻擊之前就將市民都疏散光了。你聽到的聲音，是政府早已在城市裡每棟建築物內安裝了音響，放出人群尖叫的聲音，讓積歪誤以為他正在讓這座城市生靈塗炭，而滿足他帶給人們恐慌的目的，也可藉此讓他專心破壞這座城市，而不會將災害帶到其他地方，而且也可以讓你專心跟殭屍對戰，而不用費心一邊作戰一邊救人，這作法可以說是一舉數得。」

看來，鄧教授還是有他專業的地方在。

「只是，我怕我沒這能力打倒所有殭屍，我好累。」我說著說著，眼眶不自覺泛著淚光。

「英雄是沒資格說累的，你想想，如果連身為英雄的你都放棄了，那誰還要拯救這世界，更何況，現在蛾姐還在外頭拼命，你也一定要振作起來。」

「好，我也不能輸！我這就先去買電池。」我忍住眼淚，深呼吸，再度恢復原有的沉著與冷靜，並開始在地鐵大廳內尋找指虎電池。

忽然覺得，我還真好被說服阿。

在地鐵大廳一側，是一家名為 **QK** 的便利商店，紅色和白色線條相間的招牌燈仍亮著，似乎還在營業中，只是，現在應該不會有店員在了吧。

剛好肚子有點餓，剛好可以去便利商店拿些東西吃。

剛剛拯救世界了一下下，雖然還沒成功，但去便利商店吃點免錢的食物，應該不為過吧。

「牛奶、三明治、汽水、冰淇淋、大熱狗、啤酒，配上旅遊雜誌，爽！」我心裡邊盤算著待會進到便利商店要取用的享受，邊蹦蹦跳跳的走到便利商店門口。

「歡迎光臨，大便，呵！」一個店員站在櫃台癡呆地對我說。

「……」

「先生，需要大便嗎？喔喔，不是，我是問，先生您需要什麼嗎？大便，呵！」

「……」

先不提這裡還有一個店員讓我很驚訝的事了，更讓我驚訝的，是這個店員似曾相識。

「你要買大便嗎？呵呵！」他微微張開嘴，口水不斷流到地上。

說實在，我還蠻想買大便灌到大便棒棒棒裡，不過重點是，他到底是誰？

那熟悉的聲音，那樣像憨憨良極為癡呆的說話方式。

難道他是……？

「你手上那根棒子可以再借我一次嗎？我想再拿來按摩我的頭阿，呵呵！」

「你就是上次拿我棒子敲自己頭的白目路人！」我指著他大叫。

難怪他說話的癡呆樣跟明良當初腦袋被我灌大便的樣子差不多，初步研判，應該是腦袋裝屎的併發症。

「要幫你介紹本店的產品嗎？大便。」

「不用不用，我只想拿點東西吃，而且便利商店裡的東西有什麼好介紹的。」我對他揮揮手，隨即走到擺放熟食的櫃子前。

「先生，你看你看。」他站在我背後，不斷用手指頭搓我的背，還真是陰魂不散。

我索性回頭。

「金黃色的生理食鹽水耶！」他拿起他口中所說的金黃色生理食鹽水，拉起瓶蓋，準備往自己的眼睛倒。

然後在地上痛得哇哇叫。

初步研判，腦袋裝屎的併發症之一就是會把洗碗精誤以為是生理食鹽水。

然後他再站起，用泛著淚光的雙眼含情脈脈地看著我，雙眼不斷流下起泡沫的淚水。

「先生，我看到了。」他忽然用正經八百的語氣對著我說。

「看到泡沫的世界嗎？」我隨便回了他一句，反正對於腦袋裝屎的人，跟他說話不用太認真。

「這座城市的上空盤旋著一堆翼手龍，地上一堆雷龍在跑來跑去。」他瞪大雙眼望著天花板，但看他的眼神又不像在看著天花板，他的眼球不斷轉動，彷彿直接望穿了天花板後，地面上紛亂的動態世界。

「看來，又一個人的特殊能力被你開啟了。」耳機裡，傳來鄧教授的聲音。

「什麼東西？」我抓抓腦袋，整個人完全狀況外。

「有些人，在被你用你的屎灌進大腦後，會產生特殊能力。」

「你又要嘴砲了嗎？鄧教授。」真受不了他每次語出唬爛人的理論。

「要不然，陳明良怎麼擁有可以同時操縱那麼多飛彈的能力，你不覺得，他在被你用屎灌腦袋後，除了變得更憨以外，在某方面瞬間變得像天才一樣？」

「屁哩，搞不好他天生就是遙控高手，如果說被我的屎灌腦袋就可以擁有特殊能力，那你怎麼不來被我灌灌看？搞不好，從此以後不用電腦就可以精準地預測未來喔！」我對他的話完全不以為然。

「不對，我是一般人，一般人被你用你的屎灌入腦袋後，會變成白痴。」

「那白痴勒？」我很不服氣地回他。

「白痴在被你的屎怪入腦袋後，除了會變得更白痴外，還會產生特殊能力。」

「我完全同意，呵呵。」我拍拍手，不能再同意更多。

忽然覺得，我還真好被說服阿。

難怪憨憨良會變得那麼厲害，原來我的大便也有功勞。

「還有還有，我看到一個人型殭屍也拿著跟你一樣的棒子在天空中飛耶。」他感動地看著天花板，雙眼還是不斷泛著泡沫淚滴。

「不對喔，她是長得像殭屍的人，在此重申。」我嚴肅地糾正一般人對於蛾解錯誤的第一印象。

咕嚕……

差點忘了來這裡的目的，補充能量。

「不管你了，我要先去吃三明治跟熱狗。」我手一揮，示意他閃遠一點。

「三明治一個二十元，熱狗一根三十元，請至櫃檯結帳，謝謝。」他站在櫃台，對我露出身為一個店員應有的專業笑容，雖然眼睛依然泛著泡沫淚光。

「拜託一下，現在整座城市人都走光了，這商店也不會再有人來光顧了，這些東西就算我不吃，也會放到酸掉，大不了吃完後，我大便大出來給你做為回報啊。」我對他露出不耐煩的表情。

現在變回正常人，是要跟我過意不去就是了。

「在這裡吃免費的，而且還要拿大便來抵債？哈哈你當我這個店員是白痴就是了。」他瞪大眼對著我狂笑，笑到泡沫噴出來，變成泡泡浮在半空中。

是把你當成白痴沒錯啊，要不然你腦袋吃屎後怎麼會有特殊能力。

「算了。」我無奈地從口袋掏出一枚五十元硬幣，往櫃檯隨手一扔。

我輕靠著飲料櫃，邊大啖著熱狗跟三明治，我邊想著等等的作戰計畫，到底要如何才能把所有恐龍殭屍全部消滅。

第一……

第二……

第三……

「完全想不到啊！」我含著熱狗，嘆了一口氣。

現在蛾姐一定還很奮力的在空中跟殭屍玩「哈哈來追我啊呵呵」的遊戲，而我這個職稱叫作英雄的，竟然在這裡無助地含著熱狗。

難道任何事情只要盡力去做了，就會成功嗎？我真的很懷疑。

這時在我腦海裡，又不由自主地浮現補習班老師的那席話。

「很多事情就算是無能為力了，還是要盡力去做，因為若不盡力去做，怎麼會知道自己是不是真的無能為力？也或許很多時候，在你盡力去做的時候，才會發現自己原來還蠻厲害的，很多的潛能也都是在盡力去做的同時才被發掘出來。也就是說，唯有盡力去做，才會擁有無限的可能，包含超越自己的潛能。所以……」

所以，我還有這個能力繼續奮戰嗎？

我無助地望著天花板，是真的只能望著天花板。

現在感覺我連一個白痴都不如，至少站在櫃檯的那個白痴還能夠掌握到地面上最新的戰況，那我呢？

就憑著英雄兩個字，就可以排除萬難，拯救世界？

說實在，現在的我也只是比一般人更耐打、更會打人、還有更會大便，其餘的過人之處，我完全想不到。

而且，現在又多了一個拖油瓶。

此時的我，眼角餘光很不屑地掃了站在櫃檯望著天花板的白痴一眼。

「哇，有四隻雷龍殭屍耶！大便。」

「很正常啊。」

「牠們上半身都變成鐵鎚了耶！大便。」

「所以勒？」

「牠們要往下敲了，大便。」

「！？」

咚！

四周圍的環境微微一震，些許灰塵開始掉落。

「他們又要敲了耶！大便。」

咚！

天花板開始出現裂痕，這什麼情況？

咚！咚！咚！咚！

撞擊與震動的頻率越來越急促，我的心跳跟大腸蠕動的頻率也不自覺地加速。

「為什麼牠們要一直敲地上？難道牠們察覺到我們的存在了嗎？」我身體緊靠著飲料櫃，像個準備挫屎的小孩，等待最糟糕的情況降臨。

「除了雷龍殭屍之外，我還看到一個東西在地上左右左右嘿嘿嘿地閃來閃去耶，大便。」

「閃來閃去，你是指？」我狐疑地望著看得出神的他。

「牠們在敲剛剛那個在天空中飛的人型殭屍，大便。」

不會吧，那麼湊巧，蛾姊在我們正上方跟雷龍殭屍作戰。

咚！咚咚咚咚！咚咚！

天花板上的裂痕不斷的從各個小角落出現，然後漸漸蔓延開。

感覺像肩上掉落一片碎片，抬頭一望，發現天花板開始不斷有碎片掉下來，雷龍正用牠無堅不摧的鐵鎚特殊能力，漸漸摧毀我以為安全的地下烏托邦。

於是我邊顫抖邊對著通訊器說：「我說，親愛的蛾姐啊。」

「我很忙！」她在通訊器另一頭大喊。

「我知道妳很忙，但是……」我吞了一口口水。

「但是什麼快說，老娘在忙著左右左右嘿嘿嘿。」

「但是妳別……」

轟！

礫石如傾盆大雨瘋狂墜落。

「別讓雷龍把地上敲破。」話說完，我眼前的天花板出現一個超大的圓型大洞，直達天際。

噠！噠！蛾姐從大洞飛落地鐵大廳的地板，雙腳帥氣著地。

她看著洞口上方狠狠地喘著氣，汗水不斷從下巴低落。

「太誇張了，幹掉了五隻翼手龍殭屍，可是雷龍殭屍，完完全全無法對付阿。」

我看著體力似乎到了極限的蛾姐，又看了看在洞口上方，那些泛著紅光的雙眼。此時的我心裡只有兩個字。

「完了。」我輕輕的說。

五隻雷龍頭化成鐵鎚同時砸下

大量的礫石再度洩落，洞口被擴張的更大，這烏托邦已完完全全被鑿開，而我也失去了最後一個安全空間。

沒有其他選擇了。

我抓著依然在感動地凝望蒼穹的腦殘店員閃躲掉下的礫石，向著蛾姐的方向跑去，小黑也緊跟在後。

「蛾姐！」我對著她大喊。

她發現了我，回頭用訝異的眼神望著我，並未發現她頭上正有一塊人一樣大的碎石正朝著她而墜。

「快點逃！」我大喊，用力的往她身上撞過去，好讓我們都離開大石頭墜落的攻擊範圍。

幸運地逃開墜落的礫石，我跟蛾姐都躺在地上瘋狂的喘著氣，而在洞口上方的雷龍殭屍仍然不斷地破壞著，似乎是要讓更多礫石墜落，最後讓整座地鐵大廳坍塌，然後掩蓋了我們。

而我，還是找不到對抗牠們的方法。

我爬起來，跪在地上，靜靜低著頭，看著瘋狂喘氣，已經到達極限的蛾姐。

「我們，逃吧！」

她用不可理解的眼神望著我說：「逃？我們逃了，誰來拯救這世界？你可是英雄，英雄怎麼可以逃？」

轟！

更多的礫石墜落，眼看這裡就要被掩蓋了，而我卻無能為力。

「我，認輸了。」鬆開了大便棒棒棒，然後看著無助的淚水滴落自己無能的雙手上。

我可以不要當英雄嗎？當英雄真的好累。

現在我連最基本的靈盾都使不出來，自己都保護不了自己了，更何況還要去拯救這世界？現在看起來，一切都像是天方夜譚。

轟！

礫石繼續落下，幾乎快吞噬掉所有的生存空間。

只剩一條路了。

所有人爬起，而我抱起了白痴店員，一起往前跑。

目的地，月台，那裡還有通往其他烏托邦的希望。

「大便大便，呵呵。」

我想，白痴店員現在應該徜徉在自己的烏托邦世界吧！

現在的我，只想逃到另一個沒有喧囂的世界，然後在那裡好好的睡一場覺。

　　轟！

　　大廳已完全被掩埋，而我們沿著手扶梯一路往下，到達更下一層樓的月台。

　　「目前看來，逃，是唯一辦法了吧！」

　　「大便，大便。」

　　「唉！」蛾姐大嘆一口氣，把我愛棒棒糖隨手一扔，看來她的棒子功用也已經跟一般球棒沒什麼兩樣了。

　　看著空蕩蕩的月台，以及不再顯示車次的電子看板，我想，現在是不可能有地鐵進站了，畢竟整座城市已經變空城了，地鐵也沒有運作的必要了。

　　「我們用走的吧！殭屍人力銀行大樓附近有一站地鐵，離這裡很近，我們可以走到那一站，那一站地鐵的某一部份跟殭屍人力銀行大樓是共構的，那裡有一座電梯，只要我一唸咒語，就可以直接通往地下一百層樓的辦公室，我們先回去跟大家會合，再來想想辦法，要怎麼對付這些殭屍吧！」蛾姐無力地說。

　　我們一群人跳下月台，在漆黑的隧道裡緩緩前進，只有微弱的燈光照耀著我們這一群落魄的人。

　　雖然我知道在這地鐵隧道裡算是安全的，畢竟地面的雷龍殭屍不知道我們在地下的哪裡，不過，也許是因為隧道很黑暗的關係，背脊總是不由自主地發涼，感覺有什麼未知的危險藏在這隧道中。

　　「枸史，你們人現在在哪裡？」耳機傳來另一端鄧教授急促的聲音。

　　「在地鐵的隧道中，我們要走回和殭屍人力銀行共構的那站地鐵，然後回到總部。」

　　「快離開那個鬼地方！」鄧教授大喊。

　　「！？」

　　「哈哈，先嚇嚇你。」鄧教授幽默地說。

　　「拜託，別鬧了，我現在很灰心喪志，別再玩了好嗎？」我大罵，被嚇到眼淚都要飆了出來。

我指的是屁眼的眼淚。

「也沒什麼事啦，只想跟你分享一些比較嚴肅的話題。」他語帶輕鬆地說。

「好啦，有什麼事快說，有什麼屁快放啦！」我開始不耐煩地回他。

「也沒什麼啦，只想提醒你們，我們透過監視器，在地鐵隧道裡發現到一隻跟列車一樣大的蠕蟲殭屍，就在你們後面，而且牠正向你們衝過來。」

「……」我。

「……」蛾姐。

「……」小黑。

「我看到了，有一條跟火車一樣大的大便向我們衝過來耶！」

地上開始微微震動，從黑暗的深處傳來了某種動物的巨嘯，一陣帶有口水味惡臭的風壓向我們逼近。

越來越大聲，震動越來越強烈。

忽然，一個跟隧道一樣大的嘴巴向我們衝來，嘴巴內部環狀排列的尖牙似乎可以很容易就把一個人瞬間吞掉，並有效率地用牙齒磨碎。

那樣可怕的身影忽然出現在我們一群人眼前，在我們還來不及反應時就要撲上我們。

若不跑，很可能死在這隻大便一樣的殭屍口中。

「跑啊！」我抱起了腦殘店員，一群人使出全力，在黑暗的深淵瘋狂奔跑。

完全沒能力，完全沒有任何抵抗的能力。

不能使用靈盾，不能讓小黑使出絕招狂轟殭屍，不能使用大侚棒棒棒讓殭屍溶化，我真的真的好無能啊。

「啊啊啊！」我邊跑邊狂吼，無助的眼淚憤怒地狂飆。

現在的我，連自己也保護不了啊。

那大得誇張的蠕蟲殭屍不斷緊追在後，眼看只有十公尺就要追上我們一群人。

「看到亮光了。」蛾姐指著隧道前方發出微微的白色光源。

那是「殭屍人力銀行站」月台的燈光，或許我們可以跳上月台，火速坐上電梯，躲到殭屍人力銀行內避難，那可是我們活命唯一的希望。

我咬著牙說道：「我們再加把勁，用力跑，快到了。」

不料，一個腳滑，我抱著腦殘店員在地上滾了十幾圈。

「啊啊啊啊！」腦殘店員倒在地上抱著自己的雙腳瘋狂大叫。

「枸史，快點爬起來跑啊。」跑在前端的蛾姐回頭大喊。

「馬的。」我狠咬著牙，猛敲著地面，頓時腿軟使不上力，眼看著那大嘴巴就要吞了我們。

殭屍離我只有五公尺，血口大張。

我雙眼不爭氣地閉緊。

轟！

這爆炸的聲音，為什麼會這麼熟悉？

我緩緩張開眼睛，發現在我的眼前，站著一個模糊但卻讓我感到熟悉的黑影，他的左拳還微微冒著煙。

我不禁皺著眉。

「你是我看過最傻的人，為什麼薪水那麼少，還要冒著生命危險拯救世界呢？」他背對著我說話。

不對，那聲音聽起來不像是從他口中說出來的。

「後來，從和你一起站戰鬥的過程中，我漸漸明白，發現你除了很會大便之外，還是一個很善良且懷有正義感的少年，我很感動！」

我試著按住自己的耳朵，但卻還是聽得到他說話的聲音，而且清晰無比。

「在死後，在身軀與靈魂徹底瓦解前，我決定獻上我最後的力量，和你一起拯救世界。」說完，他轉身。

一個純粹的黑影，沒有其他的特徵，唯有那雙泛著紅光的雙眼，溫柔無比。

和第一次在我眼前暴走的狀態完全不同，這一次，他好像有了意識。

「小黑？」我皺眉。

※

那是一座受了詛咒的村子，所有村民都在等死。

糧食用盡，孤立無援。

更可怕的，是隨時要來取走我們性命的牠。

我們像是困在牢籠裡無助的食物，而牠，是在同一籠子裡等待肚子餓時，隨時能大張血口肆意吞食我們的大蟒蛇。

我永遠也忘不了牠那令人懾服、排滿尖牙的嘴，和環繞在身上那一隻隻，充滿殺意的眼睛。

牠原本只是一隻跟人一樣大的怪物，但是只要每次吞了一個村民，就會再長大一點。

直到後來，牠的體型早已所向無敵，村裡面沒有任何一種武器可以抵抗。

我們永遠不知道，何時牠會忽然從哪處破土而出，瞬間吞噬我們這村子裡的無辜生命。

我們想逃離這村子，但卻無能為力。

聽村內的巫師說，有一種叫作黑死咒的咒語，是來自中國雲南一種古老的巫術，這種巫術是專用來製作殭屍用的，只要將人黑死後，存放七天，即可開始製作成殭屍。

這種咒語沒有任何解除的方法，一旦中了，在三分鐘內，全身會慢慢發黑，然後身上器官逐漸衰竭而死。

這村子被黑死咒所控制，只要一踏出村子外就會黑死。

身為村內的勇士，我很想跟牠決一死戰。

但是，完全沒能力，完全沒有任何抵抗的能力。

我只是比一般人還要會打架的人罷了，面對這種怪物，連手榴彈都起不了太大作用。

村民和家人一個個在我眼前被牠奪去了生命，我卻總是束手無策。

到最後，村子裡只剩下我，和一把機關槍，一個彎刀，一些只能用來虛張聲勢的彈藥，以及躲在地底準備結束我生命的牠。

那一天，決一死戰的日子終於到來。

牠囂張的在我眼前竄出，直挺挺的站著，身上圍繞著的藍色眼睛睥睨著我。似乎在驕傲地對我炫耀牠的強大。

等等，藍色的眼睛？

牠眼睛總是綻放著紅光的，這一次散發著藍光，到底有什麼意義。

我沒想太多，下意識地拿著槍口對著牠，不斷地尋找牠身上任何一處脆弱的部位，每一顆子彈都不能浪費。

「你就是最後一位？」牠對著我說。

等等，牠對著我說？

「你會說話？」我的槍口對著牠的尖牙大口，絲毫不敢鬆懈。

「人一生下來就有嘴巴，會講話也是理所當然的。」牠用理所當然的口氣回我。感覺聽起來還蠻……機歪的。

「算了，管你是誰，把你幹掉就對了。」

二話不說，我衝向牠，躍入空中，朝著牠的尖牙大嘴飛撲。

在與牠大嘴擦身而過的瞬間，槍口對著他的大嘴開了無數槍，子彈孤注一擲地射進。

錯開，著地。

回頭看著牠巨大的身影，仍然站著不動。

「跟我所操控的殭屍對決，結果，你知道的。」說完，牠緩慢地轉過身來，尖牙大口再次對著我，似乎毫髮無傷。

「原來這個怪物是你操縱的殭屍，你這渾蛋！為什麼這樣做！？」

我再次毫不畏懼地向前跑去，抽起腰際的彎刀，跳至牠的頭頂，這一次一定要把牠當作實驗室的蚯蚓，劈成兩半。

牠瞬間抬起大口，用充滿尖牙的死亡之門迎接我。

身子在上，彎刀在下，我以全身的重力加速度加注於彎道的刃口，狠狠地牠的尖牙硬碰硬。

刃與刃的對決，發出清脆的聲響。

一個翻身，錯開，著地。

不給我喘息的機會，牠的大嘴對著我撲來。

「這一次，真的孤注一擲了，我梭哈了！」

說完，我同時拉開身上六顆手榴彈的保險栓，在牠大嘴撲向我的瞬間⋯⋯

大嘴距離我三公尺。

大嘴距離我一公尺。

六顆手榴彈，囫圇吞彈，通通丟入牠的大嘴。

我迅速地撲向一旁，與牠錯身。

牠的大嘴撞入地上。

轟轟轟轟轟轟！

空氣伴隨著黑煙迅速膨脹，手榴彈的每一粒火藥都在燃燒著最後的希望。

「拜託，死得徹底吧！別再復活了。」看著那手榴彈引爆的黑煙，我在心裡祈禱。

黑煙漸漸散去，我的心裡再度絕望。

「拜託，這我的殭屍耶！打大力一點好嗎？」

牠還站著。

我低著頭，手上的彎刀和機關槍似乎也在默默嘆息著。

無能為力，完全毫無抵抗能力。

「逃吧！」我放下了會增加重量負擔的機關槍和彈藥，只保留那把告訴敵人自己還有抵抗意願的彎刀，轉身向後。

「逃吧逃吧，做你們村民最擅長的事情，但是結果，你知道的，哈哈哈！」

那機歪的笑聲響徹天際，也狠狠地灌入我的心底。

那操控殭屍的人說得沒錯，我們唯一能做的，就是繼續逃跑。

牠繼續追，我繼續跑。

牠繼續追，我繼續跑。

眼淚不斷地竄出，那不是絕望，而是不甘。

如果我有能力，那我絕對不會畏懼牠，我會狠狠面對牠，給牠致命的一擊。

漸漸的，我的雙腿失去了力氣。

我像失速著地的飛機，在地上滑了幾公尺後停止。

看著漸漸發黑的雙腿，我知道，我終於走到了結局。

中了黑死咒的人，會在三分鐘內，全身發黑死去。

「乖乖成為牠的養分吧。」

牠來到我的眼前，尖牙大嘴的口水流不停。

看著對著我的大嘴，成為獵物的這種感覺，感覺還真是奇妙。

我低下頭，輕閉雙眼，雖然不甘的眼淚依然止不住。

我不怕痛，不怕死，什麼都不怕，但如果老天爺願意再給我一次機會的話，就算再痛再累，我也會用盡最後一絲身上的力氣，給牠致命的一擊。

再見了，這個殘酷的世界。

吼！

碰！

吼嗚……

噠噠！

「我死了嗎？」我緩緩睜開眼。

站在我旁邊的，是一個臉色像死人，眼睛泛著藍光，穿著類似女傭制服的女人。

站在那個女人旁邊，是一個年紀約莫六十，穿著藍色衣服，背後印有一個大大的中文字，看起來正氣凜然的老人。

他用無奈的眼神看著我說：「哀，看來我來晚了。」

「我說正爺，你老人家追我追到這裡來做什麼？你覺得這樣做，阻止得了我統治世界嗎？」

我看著那隻躺在地上的蛇怪，身上離奇地凹了一個大洞，那力道非同小可，難道這記攻擊是那位老人家和那看起來像死人的女人發動的？

「沒有啦，最近店裡生意不好，所以來泰國觀光散散心，剛剛經過附近看到這裡蠻熱鬧的，就順道過來看看，然後又花了一秒，不小心破解你的黑死咒，然後我的女傭殭屍又不小心踹到你的噁心殭屍一腳，就這樣。」他雙手一攤，事不關己。

「你這傢伙！」蟒蛇殭屍再度站起，嘴巴大張對著我們一行人。

我的手，開始失去知覺，漸漸發黑。

「你該不會想拿那隻像大便的東西跟女傭殭屍對打吧！你確定這坨大便打得過她嗎？」他用不屑的眼神望著那坨被他說成像大便的怪物。

難道這女人，是這老人操縱的殭屍，而且力量在這怪物之上？

我開始呼吸困難。

「也沒有啦，剛剛在玩大便抓村民超激烈版，玩到一半，我的大便忽然間躺在地上，現在我叫這坨大便趕快爬起來回家，就這樣，掰掰囉。」說完，蟒蛇怪物竄入地上，消失無蹤。

這什麼狀況？

我的脖子，漸漸發黑，越來越難呼吸到空氣。

那老人走近我，用和藹的眼神笑著對我說：「有一個壞人，想用殭屍統治全世界，這一隻殭屍是他控制的其中之一。你還想再一次跟他對決嗎？」

我點著頭，吃力地說著：「我想……殺了這隻怪物。我……我還有希望嗎？」

「你怕死嗎？」他瞇著眼睛，像天使一樣的笑著。

「不怕不怕，就算死……也要殺了牠！」我的視線，漸漸模糊。

「你中了這種咒語，已經無法再救活你，唯一的辦法，是讓你成為一個殭屍。成為殭屍，就可以夾帶生前的憤怒，擁抱強大的力量，再次甦醒，但前提是，你必須死，想嗎？」

「想！我想在死亡後，再次復甦，成為殭屍，再次和牠決一死戰。」我的視野已經發黑，漸漸看不到一切。

「你叫什麼名字？」

「張祉國。」

「那就再來吧，小黑。再一次，用你的決心戰鬥。」

※

　　我想起有一次，正爺曾提及積歪有可能在泰國殺人製作殭屍的事，所以前往泰國調查，在我幫正爺從桑桑自助餐討完債回來後，出現在我眼前的小黑，原來就是他在泰國遇見即將死亡的村民。

　　這一切，原來是他生前的記憶，好悲慘。

　　那時的他就跟現在的我一樣，好無助。

　　蠕蟲殭屍睜開了身上的所有紅眼，再次向我們衝了過來。

　　轟！

　　蠕蟲殭屍應聲倒退，和小黑的左手一樣，尖牙大嘴冒著白煙。

　　「你，要真正地離開這世界了嗎？」我無助地望著他堅定的背影。

　　他沒說話，只是繼續對著蠕蟲殭屍。

　　我想起剛剛指虎沒電之後，就應該不能操縱小黑了。

　　從那個時候，他應該就處於暴走的狀態。

　　但他卻沒有肆意地破壞身邊的一切，難道，他到了最後大暴走的時刻了嗎？

　　「正爺曾對我說過，一個殭屍到了完成生前願望的這一個時機，會自動暴走，那是在魂飛魄散前的最後大暴走，完成願望之後，靈魂便會升天。這一刻，到了嗎？你要離開了嗎？」

　　轟轟轟！

　　隧道發出強烈震動，我一不小心跌坐在地上。

　　「你走了，我怎麼辦？這些殭屍，我根本打不過，我只會繼續逃跑而已啊！」我無助的眼淚不爭氣地流下來。

　　「不，你不會跑的。」他轉身對著我微笑，不說話，我卻聽得到他的聲音。

　　我們的默契，終於到了可以心電感應的境界了，但卻在快要那麼熟的時候又要分開。

　　「我想和你一起並肩作戰。」我不斷擦著眼淚，但卻還是阻止不了潰堤的情緒。

　　「面對困難，我並沒有任何的無助，只是不甘心自己的能力不夠，如果老天爺再給我一次機會的話，我會犧牲我的生命來完成我的心願。

枸史，你有一顆仁慈的心，你的能力也絕對不只如此，你只要對自己有信心，勇敢衝破一切，你一定可以成為英雄的。」

我看著被淚水佔滿的模糊視線，小黑堅定的身影卻依然清晰無比。

「枸史，也讓我一起當英雄，好不好？」他那充滿殺意的紅色眼睛微瞇著，很溫柔的笑著。

「我答應你！我答應你！」我不斷用力的點頭，鼻涕和眼淚無法制止的宣洩。

帶著被轟爛的破嘴，不死心的蠕蟲殭屍依然堅持繼續攻擊。

「可以再說一次，我們戰鬥時最常說的那一句話嗎？」說完，小黑再度轉身過去背對著我。

我應該對他說再見，因為我知道，這是最後一次的攻擊了，但我卻還是喊著那句代表著我們始終如一的默契咒語。

「再來吧，小黑！」

「下輩子，再一起來當英雄吧！」他雙手對著蠕蟲殭屍一擊。

轟！

無比強大的爆炸力，吞噬了蠕蟲殭屍自傲的攻擊，也將牠的身體徹體震裂成無數塊模糊的碎肉。

我知道，這一次，你不會再回頭了。

我看著小黑失去靈魂的身體，終於倒下。

隧道裡，一片寂靜。

我拍拍身上的灰塵，站了起來，走向小黑。

他的眼睛不再綻放任何的光芒，睡得很甜。

我默默地把他的身體抱起，走向蛾姐。

「我們，先回到公司擬定作戰策略吧！」蛾姐嘆了一口氣，我想，她應該知道我跟小黑的狀況。

我搖搖頭。「妳帶著這個腦殘店員，也順便幫我把小黑的身體運回公司吧！把小黑的身體火化後，把他的骨灰灑到大海，可以嗎？」

「那你呢？」蛾姐不解地看著我。

「妳忘了嗎？我是英雄，現在這城市遭受無情的攻擊，我要做英雄該做的事情。」

我深吸一口氣。「我要消滅所有積歪的殭屍，拯救這世界。」

蛾姐先是露出不捨的表情，但隨後笑了出來，她輕輕拍了我的肩膀說：「這個世界，就交給你了，英雄。」

我點頭，也笑了。

這時心中坦蕩蕩的，似乎少了一種東西，頓時感覺輕鬆很多。

我抬頭，深吸一口氣，然後用力吐了出來。

是恐懼啊，小黑，是你教會了真正放下恐懼，才能真正地邁向英雄之路。

「小黑，謝謝你。」我看著漆黑的隧道上方。

是該衝破這一切的黑暗了。

我壓低身子，然後奮力一躍，手肘向上，衝向隧道頂部。

啪！

柏油路破開，礫石紛飛，我從黑暗中跳了出來，再次回到充滿危險的地面。

「死到現在，終於出土啦？」積歪不改他機歪的風格，繼續對我嘲諷。

「繼續笑吧，鱉三，我會要你付出代價的。」我扭動脖子，然後伸了個懶腰。

站在附近一隻雷龍的眼睛立即盯著我瞧，氣勢依然肅殺。

牠們就跟科幻片裡的蠢蛋怪物一樣，本能地衝向他們自以為的獵物。

「我都不知道耶，原來我這麼受歡迎。」轉了轉雙手，我開始暖身運動。

鐵鎚佔據了我上方所有天空的視野，當然，蠢蛋的牠依然要搥下來。

我對著壓下的鐵鎚舉起右手。

當然我沒那麼蠢，再次使出使不出的靈盾，像個地鼠被打假的。

鐵鎚狠狠壓下，我的腳下裂痕頓時往四周蔓延。

我的右手，撐住了牠的鐵鎚攻擊。

「你認為，你的鐵鎚是全世界最硬的嗎？」我咬著牙，鐵鎚依然不死心地要將我壓扁。

地上的裂縫更大了，雙腳漸漸陷入快要支撐不住的地面。

我的左手緊握拳頭，對著鐵鎚蓄勢待發。「我告訴你，這世界最硬的……」

驕傲的左拳發射，我大喊：「是我拯救這世界的決心！」

啪啦！

鐵鎚應聲碎裂，伴隨著難聽的哀號聲，鐵鎚漸漸變回爛掉一邊的雷龍頭。

在破掉的頭顱中間，我發現了一片冒著火花的綠色晶片。

那就是讓殭屍甦醒並控制殭屍行動的晶片吧？只要毀了晶片，就能將殭屍變回一般屍體。

屎色的靈氣爆發，周遭景物的運行變得更緩慢，我用左腿使出倒掛金勾，襲向幾乎靜止的雷龍殭屍頭部晶片。

踢中，晶片碎裂，錯身，著地。

我在空中迴轉三圈後著地，靜止不動的雷龍終於倒地。

「辛苦你了，在死後的幾億年還要為邪惡的人類工作，安息吧！」

暖身運動，結束。

接下來，就一口氣讓牠們通通安息吧。

很快的，又有五隻雷龍殭屍愛上了我。

牠們像是在機場看到了心中的偶像，紛紛衝向他，想拿鐵鎚敲掉他的頭。

我的手上沒有任何武器，唯一的武器就是我的勇氣，和大便。

「差點忘了，大便，才是我最厲害的地方。」

於是我把褲子脫下來，用我最驕傲的眼睛瞪著向我衝來的五隻雷龍殭屍。

發射倒數，五、四、三、二、一……

「我…我…我…啊啊啊啊啊啊啊啊啊啊啊啊啊啊啊啊！」我噴著眼淚，按著屁股往前跑。

一隻眼睛泛著藍光的翼手龍殭屍在天空呼嘯而過。

「痛死我啦！」我邊流眼淚，邊將插入屁眼裡的翼手龍指甲拔起來。

差點忘了天上還有那群會空襲的傢伙，竟然對著我的屁眼發射指甲。

「我射到紅心耶，一百分一百分，快點快點給我獎品。」積歪得意地笑著。

「給你吃屎！」我對著天空比出我驕傲的中指。

碰！

「嗚⋯⋯太卑鄙了。」我從一個圓形的大坑洞裡吃力地站起來。

回頭看，又是另一隻眼睛泛著藍光的雷龍殭屍，對著我笑咪咪地跳來跳去。

「先生，力道還可以嗎？」

「我生氣了。」狂暴的屎色靈氣再度暴漲。

在此時，眼前的雷龍殭屍眼睛變成了紅色。

「難道！？」我驚覺不對，猛然回頭。

後方一隻眼睛泛著藍光的翼手龍殭屍對著我掃射。

「喝啊！」我一口氣用拳頭將所有指甲子彈打碎。

完全沒時間反應，我的上方瞬間變暗，抬頭一看，發現那鐵鎚再度壓下。

我舉起雙手擋住這一記下壓，下方地面裂痕向四周蔓延開來。

面對積歪這樣子巧妙地變換不同殭屍，同時對我發動空與地的雙重攻擊，真讓我吃不消，到底有什麼辦法可以對付呢？

鐵鎚舉起，再度壓下。

在那一記鐵鎚下壓的瞬間，我用滑壘的方式閃過攻擊，並滑至那隻雷龍殭屍旁的空地，然後跳起來閃躲三隻翼手龍殭屍的指甲攻擊，在空中好死不死，另一隻雷龍殭屍頭部化成鐵鎚，對我使出橫向攻擊，所以我只能在半空中使出拳頭，和牠硬碰硬的對撞，撞撞撞。我身體太輕。被撞往旁邊飛的同時，又有五隻翼手龍殭屍對著在空中失速的我瘋狂發射指甲，直到將我射到地上為止。

「完全無法應付啊！」我跪在地上抱頭大喊。

在我吶喊的同時，又有五隻翼手龍殭屍對著我，做勢要俯衝。

我發狂地向著牠們的方向，對著空氣亂揮拳頭，然後大喊：「再來吧，枸史。」

翼手龍殭屍向我飛奔而來。

轟！轟！轟！轟！轟！

「？」我訝異地望著在我眼前爆炸後，全身冒著白煙墜機的五隻殭屍，又看了看自己的雙拳。

難道我會隔山打牛了？難道小黑將那特殊能力傳授給我了？

一隻雷龍殭屍頭部化成鐵鎚，朝著我衝過來。

轟！

爆炸後，全身冒著白煙的雷龍殭屍在哀號聲中漸漸腐化。

「我還沒出拳耶！」我眉頭一皺。

然後笑了出來。

天空，四道火線呼嘯而過，擊中狂妄多時的翼手龍殭屍，然後爆炸。

「抱歉，我來晚了，呵呵！」耳機裡傳來明良久違的問候。

原來我在殭屍人力銀行廁所裡儲存的大便，在這時終於派上了用場。

「裝載我的大便的遠程遙控飛彈，太強大了。」我笑了出來。

「我每次要操縱那麼多飛彈前，必須要投一萬顆籃球來激活大腦，所以花了點時間，呵呵！」

「不會不會，來得剛剛好。哈哈哈！」我看著天空大笑。

不斷飛奔至這城市上空的飛彈，巧妙地閃過建築物與翼手龍殭屍的還擊，每一發都正中紅心，在天空爆出燦爛的屎色火花。

那麼，地上的殭屍，我就可以專心應付了。

「喝啊！」靈氣暴怒，所有惹到我的獵物，一個都不准跑。

轟！轟！轟！轟！轟！轟！轟！轟！轟！轟！轟！轟！

啪！啪！啪！啪！啪！啪！啪！啪！啪！啪！啪！啪！

帶屎颱風壟罩這座城市，風很大，大到我眼睛睜不開。

天上，爆炸聲頻傳。

天上，哀號聲遍野。

我的拳頭如砲彈，像發了狂似的，狠狠揮向所有化成鐵鎚的雷龍頭部，摧毀所有它碰撞的目標。

越來越起勁，越來越起勁，今天的我沒有極限，所有擋在我面前的困難，我全都要擊破。

補習班老師說的那句話真的是對的，很多事情就算是無能為力了，還是要盡力去做，因為若不盡力去做，怎麼會知道自己是不是真的無能為力？也或許很多時候，在你盡力去做的時候，才會發現自己原來還蠻厲害的。

三分鐘後……

我雙腿無力地跪在地上，大口大口喘氣，這輩子從來沒像現在這麼過癮過。

滿地都是已經安息的恐龍屍體，我想，牠們不會再復活了吧！

勝利了嗎？我看著終於出現太陽的天空，感受著再度平靜的空氣。

雖然我的位置是在颱風眼正中央。

我躺了下來，看著久違的湛藍天空。

只剩微風徐徐地拂過我疲憊的臉頰，這輩子從來沒感到這麼疲累過，現在的我，好想好想好好睡一場覺。

那些殘酷什麼的，就請先放過我一馬吧！休息是為了拉更多的屎。

「看來你的體力已經透支了，正合我意。」積歪的聲音。

我當下從地上跳起來，恢復警覺的狀態。

「你還想耍什麼花招？」我大喊。

「沒耍什麼花招，只想在你最累的時候給你最後一擊。」

轟！

湛藍的天空立刻出現極度刺眼的亮光，將世界渲染成一片慘白。

無數的白色光芒，像流星般瘋狂墜落在這城市中。

　　光線漸漸退去，我看到的，是這輩子從來沒見過，那最接近地獄的景象。

　　整座城市，爬滿了難以計數的蠕蟲殭屍，每一隻身體接環繞著可怕的紅色眼睛，每一隻體型都像一台列車那麼大。

　　「怎麼辦阿，英雄？哈哈！知道最後一擊的可怕之處了嗎？」

　　「這就是……最後一擊了嗎？」我呆滯地望著佈滿蠕蟲殭屍的前方，整座城市就像長滿了蛆的垃圾桶。

　　「明明力量不夠，卻逞強想當英雄的下場，你知道的。」

　　「真正的英雄，是不會在乎自己的下場的。」我低著頭。

　　「你在唸什麼，禱告詞嗎？」

　　「真正的英雄，唯一在乎的……」我抬頭用堅定的眼神望著天空，然後大喊：「是這世界的幸福啊！」

　　「陳明良，發射飛彈！」我對著耳機大喊。

　　「不行啊，以我們目前飛彈跟大便的數量，無法同時應付那麼多殭屍啊！」他在耳機另一頭大喊。

　　「發射一枚就夠了。」

　　「你說啥？」

　　「我說，朝著我的方位發射一枚飛彈，就夠了。」

　　「真的假的，你瘋了嗎？你到底想幹嘛？想自殺嗎？」

　　「別管那麼多，照做就對了。」

　　我接下來要做的事，大概跟自殺差不多。

　　但是，如果這樣做可以消滅所有殭屍的話，犧牲也是值得的。

　　咻！

　　遠方上空出現一個亮點，亮點越來越大，越來越大。

　　「枸史，飛彈快擊中你了，你到底想幹嘛？」明良焦急地問。

　　「聽我命令就對了。」

　　我蹲低馬步，準備好做最後的攻擊。

　　十隻蠕蟲殭屍同時朝著我衝過來，血口大張。

　　飛彈距離我十公尺。

飛彈距離我五公尺。

飛彈距離我三公尺。

「陳明良，飛彈轉向，朝著天空！」我大喊。

飛彈在眼前瞬間急轉彎，垂直地面，朝著天空繼續飛奔。

就在此刻，我奮力一跳，抓住了飛彈的身體。

「你到底想幹嘛？」明良。

「你到底想幹嘛？」積歪。

「我要消滅所有殭屍，拯救這座城市。」

飛彈飛奔的速度很快，風大到我眼睛幾乎睜不開。

我瞇著眼望著越來越渺小的城市，蠕蟲殭屍看起來就跟蛆沒兩樣。

高度越來越高，越來越高，空氣越來越稀薄，氧氣濃度越來越低，溫度越來越低，越來越不適合生存。

「你到底要幹嘛？枸史你不要嚇我，再這樣下去，你會死的。」

飛彈帶著我穿越過雲層，天上是一望無際的湛藍。

高度越來越高，越來越高，越來越高。

漸漸的，可以看到帶屎颱風的完整形狀，它的大小恰巧與這座城市一樣大，也恰巧完全壟罩在這座城市。

「正合我意。」我的嘴角微微上揚。

周圍的溫度越來越冷，飛彈周遭開始結冰，飛彈後方的火燄也越來越不穩定。

「你會死的。」他很焦急。

「你會死的，你知道的。」他很機歪。

「積歪，這是你逼我的。」我放開了上升高度幾乎到達極限的飛彈，現在的高度，幾乎快要脫離大氣層。

我摒住最後一口氣，靜靜俯瞰著被帶屎颱風壟罩的城市，這就是飽受摧殘的城市，也是我的家鄉，我一定要拯救它。

雖然空氣冷到不行，或許這口氣吐完，就再也吸不到空氣了，但我仍必須這樣做。或許我會死，我知道的，但我早已下定決心。

「積歪，還記得這招嗎？」我奸笑著將褲子脫下。

「這招就是當初用來污辱你的必殺技，現在我要讓你看看，強壯一百倍之後的我，是如何戰勝你的殭屍的。」雙腳劈至一百八十度，必殺技的準備動作已完成。

屁眼對準帶屎颱風眼正中央，連線完成。

「必殺技，傾！盆！大！屎！」

※

國中老師拿著我的零分考卷：「韓枸史，你這個人除了大便還會做什麼？」

國中同學：「老師，他可以去肥料公司上班啊，每天大便製造肥料就好了啊，哈哈哈！」

高中同學：「韓枸史，你這個異類，每天只會大便，我看你乾脆去跟廁所做朋友好了。」

沒錯，我是個異類，我只會大便，我一點用處都沒有，我一個朋友都沒有也是理所當然的，真的理所當然。

連我自己都討厭我自己了。

只有一個朋友，願意接受我這樣一個異類。

但是一個人，就夠了。

因為他讓我知道，我並不孤單。

「我這個人只會大便，像我這樣子的人，你願意跟我做朋友嗎？」

「願意啊，為什麼不願意？」

「真的嗎？謝謝你，我好高興！」

「會不會大便不是重點啦，快點把十塊錢投進去，我們一起玩投籃機。」

是陳明良讓我知道我並不孤單，也是他，讓我再次遇到正爺，讓我踏上英雄之路。像他這樣善良的傻子，不應該傻傻的被積歪統治和欺負。

所以我要拯救這世界，也拯救我最重要的朋友。

「我嗅著英雄的氣息一路追尋，找到了你；

你這一生注定要拯救全世界；

超能力，讓你與眾不同；

超能力，為你帶來了多災多難的人生；

英雄的人生總是多災多難，於是英雄懂得多災多難的痛苦；

因為英雄懂得多災多難的痛苦，懷有正義感的英雄便想拯救多災多難的世界；你這一生注定是英雄，所以你的人生多災多難；

所以你注定要拯救這多災多難的世界；

有些事情，早已注定。

你，就是那個擁有將子彈接住，甚至將子彈摧毀的人。」

正爺，謝謝你，是你讓我重新找回我的價值，是你讓我知道我是有用的人。

雖然我常常被你的無厘頭搞得不知所措，但是你的正義是應該被實行，不應該被埋沒的。

所以我要拯救這世界，也拯救我最重要的恩師。

「你是我看過最傻的人，為什麼薪水那麼少，還要冒著生命危險拯救世界呢？後來，從和你一起戰鬥的過程中，我漸漸明白，發現你除了很會大便之外，還是一個很善良且懷有正義感的少年，我很感動！」

「小黑！？」

「在死後，在身軀與靈魂徹底瓦解前，我決定獻上我最後的力量，和你一起拯救世界。」

「小黑，不要離開我好不好？我們是戰鬥夥伴，我們還要一起拯救這世界啊！」

「枸史，你一定做得到的，你會是拯救這世界的大英雄。枸史，也讓我一起當英雄好不好？」

「我答應你！我答應你！」

小黑，謝謝你！

是你讓我學會如何放下自己的恐懼，是你讓我認識，什麼叫作真正的英雄。

我不會讓你白死的，我會很努力當個英雄給你看的。

　　還有鄧教授、蛾姐，白癡的店員也算一份，還有這世界所有無辜的生命都要算一份，身為英雄的我要拯救這世界，拯救他們。

　　唯有無懼，才能成為真正的英雄。

　　我會做到的，因為我是最會大便的屎神，是拯救這世界的英雄！

※

　　「喝啊～～～～～～～～～～～～～～～～～～～～～～～～～～～～～
～～～」

　　轟～～～～～～～～～～～～～～～～～～～～～～～～～～～～～～～
～～～

　　所有的痛苦、委屈、憤怒，都在這一刻瘋狂的宣洩。

　　難以計數的屎瘋狂下墜，掩蓋了這座被殭屍包圍的城市。

　　帶屎颱風從白色漸漸變成了屎色，將我的精華毫不保留地狂捲混合並散佈在城市每一個角落，所有空氣都塞滿著我的屎雨。

　　再強大的殭屍，此時此刻也絕對逃不過我與帶屎全方位的攻擊。

　　全部融化吧，傲慢的殭屍。

　　我好想哭，好想哭，不知道為什麼，心中充滿了好多不甘。

　　或許我走過的路比別人辛苦，或許是我那被別人看不起的過去。

　　「哇……」我還是不爭氣地像小嬰兒般哭喊了出來。

　　原來我是如此地堅強和壓抑自己，我以為我很堅強，我可以很厲害。

　　在知道自己變得很厲害的時候，才終於卸下防備，才終於有力氣可以靜靜地看著自己的脆弱，然後笑著說：「你真的很棒唷！你是拯救這世界的英雄唷！」

　　眼淚在空中不斷地往上飄，看著被淚水水佔滿的世界，看著帶屎颱風和我必殺技的合體，我想，這一次我是真的成功了吧。

　　屎快拉完了，全身變得舒暢，變得放鬆，變得……好累好累。

　　空氣好冷，我好想睡。

　　眼前的視線漸漸變得模糊，或許我……就這樣吧！

171

能夠就這樣豪邁地拯救這世界，我這輩子，就了無遺憾。

再見了，再見了，我摯愛的所有。

再見了。

最終章：繼續大便

天空佈滿了塵埃，灰濛濛的，不見太陽。

地面上，無數的人死去，又復活了，以另一種型態。

所有人的眼睛泛紅，大肆地破壞著一切，包含活著的人。

而活著的人，他們失去了希望，呆滯地跌坐在地上，消極等待死亡降臨。

眼睛裡泛著藍光的殭屍大軍緩緩進軍這座城市，圍繞在中央的幾個感覺特別厲害的殭屍，應該就是超人殭屍。

在軍團正後方，唯一一個穿著綠色西裝，金色頭髮的高傲男子，是終於征服這世界的積歪。

他機歪地笑著，機歪地笑著。

正爺、鄧教授、蛾姐、明良，以及殭屍人力銀行的員工和殭屍們，一一臣俯在積歪前面。

故事走到了可怕的結局，漂浮在空中的我，變成亡魂，漠然地凝視這慘澹的世界。

我這一位失去生命的英雄，終究還是無力拯救這世界。

到底，我果然不是英雄。

我只是個會大便的路人甲。

我只會大便大便大便大便大便大便大便大便大便大便大便大便大便大便大便。

我討厭我自己我討厭我自己我討厭我自己我討厭我自己我討厭我自己我討厭我自己我討厭我自己我討厭我自己我討厭我自己我討厭我自己我討厭我自己我討厭我自己我討厭我自己我討厭我自己我討厭我自己我討厭我自己我討厭我自

己我討厭我自己我討厭我自己厭我自己我討厭我自己我討厭我自己我討厭我自己我討厭我自己自己啦。

我好不甘我不甘。

我抱著沒有頭的頭大叫：「啊～啊～啊～啊～啊～啊～啊～啊～」

※

「啊～啊～啊～啊～啊～啊～啊～啊～」

眼前是一片明亮。

眼前是一片明亮？

「……」

我搔了搔頭。

「……」

我又摸一摸頭。

奇怪，我不是死了嗎，怎麼頭還在？

我爬起身子來。

「我的身體啊～啊～啊～啊～啊～啊～啊～啊～」我不禁叫了出來。

身體還在，原來只是春夢一場。

剛剛眼睛看到白白的，是白色天花板。

每次在經過正爺的嚴格訓練，昏過去之後，都會在這個有著白色天花板的房間醒過來。

當初和小黑也是關在這個房間之中培養默契的，只可惜現在……

我嘆了口氣，撐起了虛弱的身子，雖然身子虛弱，但還能活著真好。

至少剛剛那場惡夢沒有成真，我想，我可能太有責任感了吧，才會那麼怕自己如果真的死掉了，那就真的沒有人可以拯救這世界了。

看樣子，是有人救了我，再把我送回安全的殭屍人力銀行總部吧。

或許每個英雄都有一個相同的特質，那就是命大，不過，我比其他英雄還多了一個特質，那就是屎的產量無敵大。

不知道昏迷幾天了，或許又過了一個禮拜了吧？

在天空，我使出所有力氣，將能拉的屎全部拉出後，現在身子真的虛弱不堪，真想好好大吃一頓，來進補清空的貨艙。

此時一陣濃郁的香味從房間外飄入，是巧克力的味道耶。

我興奮地衝出房間外。

眼前，是一鍋超大鍋，剛煮好，熱騰騰的熱巧克力。

「恭喜發財。」明良興奮地對著我拜年。

啪！正爺一巴掌從明良頭上打下去。

「剛剛才跟你說的就忘啦！」正爺沒好氣地說。

「喔喔我想起來了，是恭喜英雄歸來，呵呵！」明良摸著頭，癡呆地笑著。

正爺、明良、女傭殭屍、鄧教授，以及在場殭屍人力銀行的所有員工，都站起來為我拍手喝采。

此時此刻的我，除了窩心之外，心裡湧著滿滿的感動，我終於成功了。

「雖然，要完全擊敗積歪的所有殭屍，尤其是超人殭屍，還有一段路要走，但是，你已經讓我們見證到你的實力了。」正爺用堅定的眼神走向我，然後雙手按在我的肩膀上。「以後，這個世界，就交給你了，英雄。」

正爺，終於正式承認我英雄的實力了。

我不再是那個只會大便的构史，我是真的英雄了。

我用力的點頭。

「我一定會好好守護它的。」

一天不死，我就會繼續當英雄。

一天不死，我就會繼續拯救這世界。

一天不死，我就會繼續大便。

「對了，我想問一下，我那時在天空失去知覺之後，是誰救了我？」我舉手發問。

「沒人救你啊！」正爺回得很爽快。

「沒人救我？所以，是我自己救了自己？」

「正是如此。」

「我怎麼救我自己啊，難道我昏過去之後，就開始夢遊？」

「枸史你忘了嗎？你不是拉了一堆屎，把整座城市都蓋住，那些殭屍都被融化光光啊，然後到處都是你的大便啊，你掉下來的時候，剛好掉到城市一處塞滿你大便的湖泊啊，大便是很軟的，所以你才沒摔死啊，這些你都忘了喔，呵呵！白癡。」明良對著我癡呆地笑著。

「我都說我昏過去了，我還記住個屁啊！」我一巴掌從明良前額拍下去。

話說，我是真的很命大，降落在自己的大便上才保住一命，也許這也是身為英雄特有的宿便和宿命吧！

「我昏迷多久？」

「一個禮拜。」正爺。

「一個禮拜？那不就代表我身上的能力又會變得更強了，是吧？」我不自覺地興奮起來。

「正是如此。」

在辦公室中央沙發區的電視，正播放著這座城市被機歪殭屍襲擊後的慘況。

「這座城市受到了殭屍的大軍的無情攻擊以後，大家可以看到，在我後面是慘烈一片，到處都是清不完的大便，現在政府委託的殭屍人力銀行公司正努力地將大便回收中，真是淒慘。奉勸各位民眾三餐老是在外，不要每餐吃到烙賽，要不然會很麻煩的唷。」記者穿著防護衣，很認真地說著。

所以這些慘況是我的大便造成的就是了，真是完全不知感恩的人。

算了，反正英雄不一定要受到大家的認同，只要能夠拯救這世界，我就心滿意足了。

此時，電視畫面忽然被切換過去。

電視畫面出現一個人，他有著金色頭髮。

「積歪！」我瞪大眼大喊。

「的哥哥，不積歪是也。」電視上的他嚴肅地說著。

「嚇我一跳。」我搓搓自己的肚子，還好之前在天上已經拉得很乾淨了，要不然，在這裡嚇到拉出來，後果可想而知。

「首先，枸史，謝謝你拯救這座城市，但這只是第一步，我們還有很多路要走。」

「謝謝，我一定會更努力的。」

「相信你會拯救這世界的，枸史，只不過，這裡還是有幾件重要事情跟大家宣佈。」

「說來聽聽。」正爺摩娑著自己的下巴。

「關於積歪擁有的超人殭屍，正爺您還記得，在積歪背叛你之前，他有能力操縱的超人殭屍共有幾隻？」

正爺用手指敲了敲自己的額頭，思索了一下，說：「一隻，而且還不是最強的那隻。」

「沒錯，但是據傳聞，他最近用高價在世界各地網羅了幾個道行很高的殭屍操縱師，專門來操縱超人殭屍的，所以看來，積歪的人馬目前已經有能力操縱許多隻能力很強的超人殭屍，來對抗我們。說真的，那些殭屍操縱師，每個都很厲害。」

「你說那些殭屍操縱師很厲害，到底是多厲害？」正爺感覺有點不服氣。

對啊，到底多厲害，我也想知道。

「厲害到很哭爸！」不積歪在電視上很用力地點頭。

「嗯，那還蠻厲害的。」正爺很認真地點了頭，表示很贊同。

「但是你說，據傳聞，積歪網羅許多厲害到哭爸的殭屍操縱師，這到底是聽誰說的？」正爺又開始不服氣。

我也贊同，光是用哭爸兩個字就可以拿來形容對方的厲害，未免也太輕率了些。

「隔壁的老王講的。」不積歪再次在電視上很用力地點頭。

「嗯，這消息還蠻可靠的。」正爺又很認真地點了頭，表示贊同。

「隔壁的老王是誰啊？消息那麼靈通？」我終於忍不住插嘴。

「干你屁事！」正爺和不積歪同時用冷冷的眼角餘光瞄我。

好吧，就當我是放出的屁，又臭又可以忽略。

「未來，我希望國家特別防衛部殭屍大隊能加強與殭屍人力銀行軍事的合作，一起對抗積歪，雖然他是我親生弟弟，但有些行為，我實在是看不慣。我這裡會加強訓練我的殭屍操縱師們，以求建立一支更完善的殭屍防衛隊，至於殭屍人力銀行，正爺，就拜託您了。」

「沒問題，我會叫那傢伙繼續大便的，有必要的話，會把他從一百層樓上丟下去，讓他多摔幾次，這樣他就會變得更強。」正爺用大拇指比了比我。

「把我從一百層樓上摔下去，難道這就是我接下來的訓練？」我的雙腳不自覺地顫抖。

「正是如此。」正爺用那種不知道在做什麼邪惡打算的眼角餘光瞄著我。

我的心跟屁股都涼了一半。

「好吧，那就祝我們可以一起打敗積歪，拯救這世界。」不積歪說完，電視切換回原來的新聞畫面。

「我說正爺，能不能不要把我從一百層樓上丟下去。」我雙手合十，虔誠地祈求他。

「放心，從一百層樓上跳下去，很安全的。」正爺拍拍我的肩膀。

「很安全，那你為什麼不跳，要叫我跳？」我心裡很不是滋味。

「叫我從一百層樓上跳下去？你當我是白癡到想自殺嗎？哈哈！」

「……」算了，反正我被正爺當白癡當習慣了。

此時我看到鄧教授正收拾著他的筆電，似乎要先離開。

我對鄧教授揮揮手：「鄧教授，你不留下來一起吃個熱巧克力？」

「我要辭職了。」他邊收拾，邊推著眼鏡說。

「你要辭職了！？為什麼？你是一個很好的軍師，少了你，殭屍人力銀行等於少了一顆重要的腦袋。」我大驚。

「因為這次的疏忽太嚴重了，我的鼻屎差點毀了所有人，所以引咎辭職。」鄧教授依然彎著腰，專心地在收拾東西，沒用正眼看我，或許是他覺得太對不起我了。

「每個人都會有犯錯的時候，你也會啊，但儘管如此，你還是我們很重要的夥伴，以後，你還是可以擔當作戰總部的參謀啊。」

「不用我，真的不用我。」他站直了身，這一次，我終於看到他眼鏡背後的那雙眼睛，是一雙堅定無比的眼睛。

「有你就夠了，英雄。」

「有我就夠了？」我不自覺地指著自己。

「你已經向我證明了，只要能夠放下所有恐懼，用決心去迎擊每一次殘酷，必然能夠衝破所有困境。」他推了推眼鏡，再度將眼睛藏在眼鏡反射出的專業光芒之後。「你讓我看到了一種無論我怎麼計算都計算不出來的東西，那是一種值得被所有人相信，甚至依賴的東西。」

「是什麼？」我皺眉。

「是命運，成為英雄拯救這世界，是你的命運。」

「是……命運？」

「我看到了你的命運，這不再是經過電腦精準計算後的結果，而是你讓我打從心底深深相信，你會拯救這世界的。對吧，英雄？」

空氣漸漸凝結，所有人都不說話，我低頭看著自己的雙手，又抬起頭看看周遭的人。

原來，從現在開始，這些人，以及地球上的生命，都要靠我保護，而我的雙手，終於能夠抬起傾圮的巨石，拯救無辜的生命。

「但是，拯救世界歸拯救世界，下學期快開學了，我的工程數學這門課，你還是要來修，翹課翹太多次，我一樣當你。」說完，他帥氣地轉身，拎起了筆電的包包準備離開，桌上留下了一張白紙。

「這張紙記載著經由這次的作戰，我所追蹤到的積歪可能藏匿的地點，這是我最後能夠幫你們的了，再見。」背對著我們，他漸行漸遠。

「我一定會每堂課都去修的，鄧教授，再見了。」我笑著對他用力揮揮手。

電梯門打開，鄧教授背對著我們走進了電梯裡，一聲都不吭，想必是拿了正爺很多錢卻沒做出什麼好成績，怕被報復，所以低調閃人吧。

我是說，他走得很瀟灑。

「失去了小黑，又失去了鄧教授，未來的英雄之路，想必會更寂寞，更難熬吧。」我默默低著頭。

「不會的，現在的你其實不用任何戰鬥夥伴，也能獨撐大局。」正爺將厚實的手掌按壓在我肩上，和藹地笑著說：「現在我們的希望，可都交給你囉。」

正爺，謝謝你，真的真的謝謝你。

沒有你，我依然還只是個會大便的枸史。

「好啦，枸史，你一定餓了，趕快來吃我們為你準備的熱巧克力吧，在大完便後，一定要好好補充熱量，這樣你才有更多力氣繼續大便，繼續當英雄，呵呵。」明良熱心地跑向那一大鍋熱克力旁。

然後一腳踢倒了那鍋超大鍋的熱巧克力，洩了滿地熱巧克力液。

「……」我不知所云。

「跑太快了，呵呵！」他癡呆地摸著頭。

看來，現在只能先把這裡收拾乾淨後，再想辦法去找其他東西吃了。

叮咚。

「枸史，恭喜你打贏了積歪唷！」剛剛送鄧教授離開的蛾姐戴著口罩，從電梯走了出來。

「謝謝，不過蛾姐，妳怎麼戴著口罩呀？」我指著她的口罩。

「昨天感冒了，現在整個發燒加鼻塞，超不舒服的。」她呆滯地看著地上，兩眼有點無神，好像病得不輕。

她呆滯地看著地上了洩了滿地的巧克力液。

她憤怒地瞪著地上洩了滿地的巧克力液，然後又憤怒地瞪著我。

當下我的心涼了十分之九，我快速地跪在地上，不斷地揮著雙手：「蛾姐，事情不是妳想的那樣，這是熱巧克力，剛煮好，熱騰騰的熱巧克力啊！妳該不會剛好鼻塞聞不到吧？」

蛾姐的頭髮開始飄逸，眼神發出可怕的紅光，我的心徹底絕望。

「吸星大法！」

「這真是熱巧克力，妳脫下口罩用力聞看看，真是熱巧克力啊！」

「喝啊！」

「啊～～～」

「要大便去廁所大，敢在這裡再大出來一次，我就把大便從你嘴巴灌進去！」

「天啊！」我趕緊抱著熱騰騰屁股往前跑，衝向廁所。

衝到廁所裡，大便間門的前面。

「什錦炒飯加奶茶。」

門打開，一座全身金黃色、兩旁附有防止人因為屎爆的反作用力而衝上天的安全帶以及把手上寫著「1、2、3、4、5、R」的排擋式高級沖水馬桶呈現在我眼前，那是我最熟悉的總統級馬桶，我永遠的好朋友。

我坐下。

轟！轟！轟！轟！轟！轟！轟！轟！轟！轟！轟！轟！轟！轟！
轟！轟！轟！轟！轟！轟！轟！轟！轟！轟！轟！轟！轟！轟！
轟！轟！轟！轟！轟！轟！轟！轟！轟！轟！轟！轟！轟！轟！
轟！轟！轟！轟！轟！轟！轟！轟！轟！轟！轟！轟！轟！轟！
轟！轟！轟！轟！轟！轟！轟！轟！轟！轟！轟！轟！轟！轟！

在高潮中，我汗流浹背，用鬼哭神嚎的屎爆聲來慶祝我終於真正地踏上英雄之路。

積歪叛變，世界陷入危機，而我是那個能夠拯救這世界的英雄。

超人殭屍，我是否真有能力將他們擊倒？我相信我一定可以！

對於未來，我這英雄將會面臨到什麼危機呢？

「我相信，這精彩的故事，才正要開始。」我微笑，一滴汗水從臉頰滑落。

《殭屍人力銀行》

www.ingramcontent.com/pod-product-compliance
Lightning Source LLC
Chambersburg PA
CBHW070958180726
48291CB00004B/1350